中公文庫

ひとりは平気。
だけど、君とは一緒にいたい

エブリスタ 編

JN009864

中央公論新社

目次

ひとりは平気。だけど、君とは一緒にいたい

ここからここまでモンブラン

水瀬由仁

期間限定
秋の恋人モンブラン

——そんなふうに銘打《めいう》たれた、ショーケースの向こう側。

黄金色のなめらかなクリーム。

さらさら舞い散る、真っ白なパウダースノウ。

チョコでコーティングされたマロングラッセを頂《いただき》に載せて。

上品な佇《たたず》まいとは裏腹に、圧倒的な存在感を放つ、残り二つ。

「……おいしそう……」

「ええ、当店の秋のおすすめスイーツです」

にこり。店員さんの営業スマイルに、私も思わず愛想《あいそ》笑い。

知ってるよ、これ、この前テレビで紹介されてたもん。食レポの愛子《あいこ》ちゃんが、美味《おい》しすぎてまじやばいって叫んでたもん。

わかる。愛子ちゃんお得意の過大評価なんかではなく、ほんとうに美味しいんだ。

だって美味しいオーラ醸《かも》し出してるし。

キラキラしてるし。

……でもなあ、ただ、

（たっか……）

店員さんに聞こえないように、俯《うつむ》いてそっと息を吐く。

いやわかってたけど。

わかってたけどさ。

さすが有名ホテルパティスリーだけあって、お値段が全然可愛《かわい》くない。

モンブランだけじゃない。

他のケーキも、みんな。

安月給ＯＬの私がおやつとして買うには、ちょっと……もとい、かなり敷居が高い。

……でもこれ、和樹《かずき》が一回食べてみたいって言ってたんだよね。しかも私とあいつの分で、ちょうどあと二つ残ってる。

さあ、買うか、買わないか。

店員さんの視線を浴びながらうんうん唸《うな》って悩んでいると、――私のすぐ隣に、新しい客が並んできた。

「わあ、すごぉい！　こんなにたくさんあるんだあ！」

「好きなの選んでいいよ」

「ええー？　どうしよ、迷っちゃうなあ……」

鼻につくような、甘ったるい猫撫《ねこな》でボイス。

社内によくいる、私の苦手な人種らしきそれに、ちらりと目をやれば、水玉模様《もよう》のシフォンワンピースを身に纏《まと》ったもちもちとふくよかな女性と、高級そうなスーツを着込んだ顎《あご》ひげミドル。

そんなふたりが、いかにもセレブリティな雰囲気で仲良くショーケースを眺めている。

「どれもすっごくおいしそうだなあ……」

人差し指をちょこんと唇にあてながら、甘えるように上目遣いを決め込む。

そんな彼女の意図を汲《く》んでか、ミドルが歳《とし》相応の品の良い笑みを浮かべた。

「どれを食べてみたい？　言ってごらん」

「えっと……ティラミスと、ムースと、レアチーズと、タルトと、あとこのモンブランとか……」

……いやいや、どれだけ食い意地張ってるの！

隣でドン引いている私になんて目もくれず、彼女はショーケースに並んでいる高額スイーツの半数近くを、あれもこれもと無遠慮に指差していく。

それを見つめるミドルの表情は、相変わらず穏《おだ》やかで、

「そうだね。じゃあ、ここからここまでをひとつずつ頂こうかな」

三段ショーケースの中程から、左端の一番奥まで。

女性が食べたいと言ったスイーツが集まっている範囲を、傍《かたわ》らの店員さんに指し示しながら。

落ち着いたテノールボイスで、彼は微笑を浮かべたまま、そう告げた。
ハ、ハイ……？
「えっそんな！　悪いよお！」

「そんなことはない。これくらい、安いものだよ」

「ほんとう？　嬉《うれ》しいありがとう！」

彼の腕にぴょこんと飛びつき、ふとこちらを向いた彼女が、フフ、と薄く微笑《ほほえ》んだ。

ミドルのあまりのビッグオーダーに唖然《あぜん》、声も出ない私に。

「……っ、」

……悪いなんて、口ばかり。

何よ、そんな幸せそうな顔しちゃって。

こっちはモンブランひとつ買うかどうかでものすごく悩んでるのに。

こんな、こんな、贅沢《ぜいたく》な。

——と思ってはみるものの、私にはもちろん、高級スイーツを大人買いできるような財力なんてないわけで。

大きな紙袋を下げたミドルと水玉が去った後、ひとつだけ残ったモンブランは、やっぱりキラキラ眩《まぶ》しくて。

「……あの、」

「はい」

「……先週の『らぶ☆げっちゅ』、見ました」

悩んだ末、愛子ちゃんが獲得した視聴者特別サービスの百円引きを利用して、私はやっとの思いで、モンブランをひとつ持ち帰ることに成功した。

＊

「……とまあ、こんなことがあったわけですよ」

その日の晩。

残業から帰ってきた和樹にミドルたちのことを話して聞かせると、彼はネクタイを緩めながら、へえ、と欠伸《あくび》をしてみせた。

「すげえなそれ。その店、大体ひとついくらくらいなの？」

小声で、モンブランの値段を呟《つぶや》く。

その桁外《けたはず》れな金額を聞き、和樹は大きく目を見開いた。

「うっわ何それ正気？」

「……これでも百円値引きされてるから」

「マジか！　それ一個でう○い棒何本買えるんだよー」

……こういうすぐう○い棒換算《かんさん》しようとするところ、やっぱり庶民《しょみん》だよなあって思う。

私はしがないＯＬ。同棲中の彼氏は、まだまだ下《した》っ端《ぱ》の営業サラリーマン。

住まいも一般的な１ＬＤＫ賃貸《ちんたい》マンション。

セレブ要素なんて皆無。当然といえば当然だけどね。

「いいよねえ、『ここからここまでひとつずつください』とか、一回くらい言ってみたいよね」

「そんな買ってもどうせ食えねえだろ」

「そりゃそうだけどさー……」

それでも、憧れる。

あの水玉の彼女が羨《うらや》ましいって思ってしまう。

ちょっと愛想良くして、ちょっと甘えてみるだけで、ほしいものがみんな手に入る。

……楽しいだろうなあ。

私だったらきっと、毎日が楽しくて仕方がない。

歩きにくいピンヒールのパンプスを履《は》いて。

毎朝毎朝、満員電車で押し潰されそうになって。

どんなに頑張っても貰《もら》える給料はほんの少し。

バッグとか洋服とか、ほしいものもろくに買えない。

そんな張り合いのない、つまらない人生じゃなくて。

それこそあの黄金の高級モンブランを、好きなだけ食べられるくらいに。

「私も宝くじ買ってみようかな……」

発売される度に、飽きもせずせっせと買いに行っていた父さんの姿が頭に浮かぶ。

運が良くて一万円。そんな大して当たりもしないもの、お金の無駄だとずっと思っていたけれど。

父さんが夢見てた気持ち、今なら少しわかる気がする。

「……あーあ」

ごろりとソファに寝そべったまま息を漏らす。

キッチンから微《かす》かに香りがしたと思えば、いつの間にか着替えを済ませていた和樹が、コーヒーカップを二つ持ってまたリビングに戻ってきていた。

「……ん、」

「あ、ごめんありがと」

彼からカップを受け取り、起き上がる。

ほかほかと温かい湯気をたてるインスタントのブラック。庶民な私と彼の、お気に入り。

「……あの人たちはさー、きっとブルーマウンテンとか飲んでるんだろうね。こういうインスタントじゃなくて、ちゃんと豆を挽《ひ》いて淹《い》れるやつ」

飲みながら、ぽつりと口からこぼれる嫉《ねた》み。

隣に座った和樹からの返事は、ない。

「……和樹？」

リモコンを手に握り、カチカチとテレビの音量を大きくする彼の顔を、覗《のぞ》き込む。

ふと目が合った彼の表情は、

——不機嫌、そのもの。

「かず、」

「……お前さあ」

苛立《いらだ》ちを抑えるように声を低め、彼は私からテレビへ、ゆっくりと視線を戻す。

「そんなに金持ちになりたいんだったら、金持った奴《やつ》と一緒に住めば？」

「……え、ええ？」

思わず間の抜けた声が出た。

「ど、どうしたの急に」

「……俺なんかどうせ、一生平社員だよ。ケーキ大人買いも焙煎《ばいせん》ブルーマウンテンも、一生無理ですよー」

ぷい、とそっぽを向きながら、手の中のリモコンを弄《もてあそ》ぶ彼は、……もしかして。

「和樹さん……妬《や》いた？」

「はあ⁉　何言っ、」

声を上げて振り向いてきた和樹の顔を、じっと見つめる。

「誰とも知らぬどこぞの金持ちに、ヤキモチ妬いたの？」

「ち、ちがっ……」

口をパクパクさせる彼の頬が、みるみるうちに真っ赤に染まっていく。

……そっか、そうだよね。

自分の恋人が、他の男の彼女を羨ましがるなんて、そりゃあ面白《おもしろ》くないよね。

ああもう、この男は！

「和樹かわいーっ！」

「うわっ、ちょ、こぼれる！」

無性に嬉しくなって腕に飛びついた私から、彼は慌てて手に持つカップをテーブルに避ける。

そしてそっと私の髪を撫でながら、こつん、と頭をぶつけてきた。

「……あの、さ」

「んー？」

「モンブラン、買ってきたんだろ？　俺の分は残ってたりしねえの？」

照れ隠しなのか、尋ねてくる声は心なしか上擦っていて。

腰に回ってきた腕は、どこか熱を帯びていて。

「全部残してあるよ。ふたりで食べようと思って」

それがあんまり可愛いものだから、私も笑いながら、彼の額におでこをぶつけ返した。

「うっま！　何これやべえ！」

栗《くり》のピューレがふんだんに練り込まれた、甘さ控えめのなめらかクリーム。

冷蔵庫の中に保存していたモンブランをはんぶんこにして。

山の片側から一口掬《すく》い取って食べるなり、和樹はまんまるにした瞳を子どものように輝かせた。

「うわっ、溶ける！　口の中でふわって溶けてなくなっちゃう！」

「くっそー愛子ちゃんが珍しく嘘《うそ》つかなかった！」

……すごい。これは絶品。

百円引きになってすら、買うのをためらうほど高額な『秋の恋人モンブラン』。

でも、そこは有名ホテルパティスリー。

期待は裏切らなかった。

小さなテーブルに向かい合って、和樹と食べたふわふわマロンクリームの優しい甘さを、私はきっと、当分忘れることはないだろう。

「穂乃花《ほのか》、ほら」

「なに？」

「栗、あげる」

和樹の皿の上に載る、チョコレートを纏ったマロングラッセ。

彼がフォークに刺して差し出してきたそれを、私はおずおずと口に含む。

「おいし？」

「うん、……おいしい」

おいしい。

泣けちゃうくらい、すごくすごく、おいしい。

普段食べ慣れているひとには絶対にわからない。

大切なひとと一緒に分け合って食べるものの、特別な、味。

きっとそれは、ひとりで全部食べてしまうよりもずっとあたたかくて、ずっと、愛《いと》おしい。

元々こぢんまりとしていた、黄金のモンブラン。それをさらに半分に割ったものだから、なくなってしまうのはあっという間だった。

けれど心は、ああこんなにも、満たされてる。

あのミドルと水玉の彼女みたいに、食べ切れないほどたくさんは買えないけれど。

それでもいいんだ。

今、すごくすごく、幸せだから。

「はー、おいしー……」

食後に、和樹がコーヒーをもう一杯入れてくれた。

インスタントのブラック。

近所のスーパーの安売りのときにまとめ買いする、ありふれたラベル。

何だかんだ言って、私はやっぱりこのブレンドが一番好きだ。

焙煎されたブルーマウンテンよりも、和樹と一緒に飲むこれの方が、絶対に美味しい。

「……やっぱ、宝くじ買うのやめよ」

「え、何？」

「ううん、こっちのはなし」

宝くじを買うお金があれば、もうひとつモンブランを買える。

そうしたらまた、あなたとふたりで分け合えるからね。

モンブランより愛を込めて

残酷で一流。

奈良崎コウ

就職して早六年。

一人暮らしを始めて五年。

１ＬＤＫのそこそこ綺麗《きれい》なアパートの隣《となり》の部屋には売れないバンドマンが住んでいた。

それが、三年前百万枚を超える大ヒット曲を飛ばして一躍《いちやく》スーパースターになってしまった。

売れないバンドマンから売れてるバンドマンになったのだ。

「じゃあ、かんぱーい」

「……」

売れてる、バンドマンになったのだが。

奴《やつ》は変わらず、このそこそこ綺麗なアパートに住み続けている。

「あれ、乾杯しないの？」

ワイングラスを手に取ってカチンと音を立てた。

「……乾杯」

奴。こと世《せ》良《ら》葉《は》月《づき》は国民的バンドのギタリストである。

初めて会った時は全く売れてなかったし、同い年ということもありすぐに仲良くなった。

それがまさか、今でもお隣さんなんて信じられないけど。

「来週からツアー回るんだよね」

「知ってる。頑張って」

来週、私はとうとう三十歳の誕生日を迎えてしまう。

祝ってくれる恋人すらいない今のこの状況がマズイっていうのは誰にだって分かると思う。

「それより、これ何？」

世良は興味深そうにパンフレットを手に取った。

「結婚相談所の資料」

「え、結婚すんの？」

「したいの」

「え、結婚したいの？」

「だって私、来週三十歳になるんだよ？」

「結婚て上限年齢《ねんれい》あったっけ」

「ないけど」

出産にはあるんだよ。

「佐山《さやま》には向いてないと思うな」

「はあ？」

世良は出会った時から自由気ままな猫《ねこ》のようだったけど、一緒にいるのが楽だった。一瞬、こいつのこと好きかもしれないって血迷ったりしたこともあったけど世良は私にそういうのは求めてない。

「結婚したら、ここ出てくんだよね」

「まあ、多分」

「ならダメ。こういう風に会えなくなるじゃん」

「……」

私って、世良にとって何なんだろう。

答えはもう分かってる。

「世良さ、どうして引っ越さないの」

「急に話題変わるな。俺はここが好きだから」

「私も含めて？」

「うん」

「今ならっていうか……三年前からもっと良い家住める財力あるよね？」

簡単に言うとこの男は残酷《ざんこく》なのだ。

残酷でクズでクソで一流のギタリスト。

「何て言うのかな。売れてから色んなものとか人が変わったけど佐山は変わらないから」

「……」

私はあんたの空気清浄機か何かなの？

あってもなくても生きられるけど、あった方が良いやつ。

「私を変わらないものにしないでよ」

「……」

世良と出会ってから五年経《た》つけど触れられたことは一度もない。

「……変わらないでいてよ」

ほら、残酷だ。

週刊誌で有名女優と飲んでる所をスッパ抜かれてたくせに。

本当は遊んでるくせに。

「言い方変える。私をあんたの人生に利用しないで」

「利用なんかしてない。俺の人生に必要な人間だよ、佐山は」

音楽の次にだろ。

まあ、一番て言われても困るけど。

けど……私は来週三十歳になる。

「私、結婚する」

「誰と？」

「誰かと」

「ふーん」

世良は結婚相談所のパンフレットをごみ箱に捨てた。

「捨てないでくれる？」

「向いてないと思うよ」

「ねぇ、世良。音楽って向いてないって思いながら始めたの？」

「違う、けど」

「じゃあなんで始めたの」

「音楽しかいらないって思ったから」

「立派な理由だね」

私は来週の誕生日、この家を引き払う。

世良には何も言ってない。

「私は結婚を向いてないとは思ってない」

「……」

「来週からのツアー頑張ってね」

自分でも驚くほど、綺麗に笑えたと思う。

「俺は、」

「私はこの五年、なんだかんだ世良に触れたかったんだと思う」

「え」

血迷ってる、よね。

「一般人を期待させてんじゃねぇよ。バカ」

とっととこのそこそこ綺麗なアパートから引っ越して全部一流になれば良かったのに。

「佐山」

「？」

「……ツアー頑張るから見てて」

世良が言ったのはそれだけだった。

「うん」

それだけ。

それでまあ、ツアーが始まって世良は行っちゃって。
私は変わらずここにいて。
ここにいるんだけど、明日はいなくなる予定で。
世良が売れてからいつも、いつかここには帰って来なくなるんだろうなって思ってた。
でも、世良はいつもちゃんと帰って来て。
乾杯って言っていつも一緒にお酒飲んで。
『売れちゃったけどさー、世良は変わらないでよ？』
『俺は俺だよ』
『じゃあ、ここにいてね』
『うん、いる』
世良に変わらないことを最初に強要したのは私だった。
でももう、このままは嫌だった。
触れられないのは辛《つら》い。
ポタポタ。
何でだろう。
泣けて、頬を伝って落ちたものが床をぬらしていく。

あと、五分で私は三十歳になる。

情けない三十代の幕開けだ。

「……」

ピンポーン、と深夜にも拘《かか》わらず私の家のインターホンが鳴った。

誰だろう。

何だろう。

動けない。

ガチャリという音と共に中に入って来たのは。

「……せ、ら」

「鍵《かぎ》かけないの不用心じゃない？」

「ほっとけ」

ツアーはどうした。ツアーは。

「……どうして、いるの」

「ああ、抱きに来た」

「は」

抱き？

目を丸くしていると世良はジャケットを脱いで私を押し倒した。

「意味が、分からない……」

　分からなさ、過ぎる。

「でも俺、あんまりしたことないから下手《へた》だと思うんだよね」

「いやいや、そんなわけないでしょ。もう選び放題でしょ」

「選び放題でも、選ばないって選択もあるんじゃないの」

「っ、」

　だから期待とか、させないでよ。

「泣かないで。無理矢理みたい」

「無理矢理でしょ……」

「そう？」

「うん」

「でもやめない。痛くしてもやめない」

「さいっていだな」

「ああ。それ褒《ほ》め言葉」

「……変わらないでよ、佐山は」

「こんなことしたら、変わるでしょ」

　色んなものがさぁ。

「でも、傍《そば》にいてくれるよね」

「そんな理由じゃいやだ……一体私のことどう思ってるの」

「え、言わなきゃダメ？」

「お前、マジでふざけんな……」

「……」

世良は珍しく少し照れた様子で。

「音楽と同じくらい好きですよ」

「……うん」

「感想それだけ？」

「この【うん】には色々含まれてるんです」

「そういうもの？」

「だってさー、なんで五年も何もしないの」

「俺、大事な人ほど手を出せないタイプ」

「……世良」

「うん」

「私さ。世良のことほんとはずっと好きだった」

出会ってから五年、彼氏作らないくらいには。

「過去形で言わないでよ」

「……あと、ごめんね」

「？　何が」

「世良に変わらないでって最初に言ったのは私。ほんとに、ごめん」

「……」

世良は何も言わずにキスをした。

「……」

少し息苦しくなって少しだけ離れる。

「世良」

「？」

「ほんとにあんまり上手《うま》くないんだね……」

や、びっくり。

「でしょ。多分五年振りくらいにキスしたと思う」

「は」

「だから本当に下手くそなので」

「え、でも女優さんと週刊誌に……」

「あ、それ知ってた？　あれはマネージャーも一緒だったし、どうしてもって言われたから」

「……」

そう、なの？

「俺、本命以外に全然そういう欲ないので」

「じゃあ何で今、」

「そんなの、佐山だからでしょ」

「……」

「いつ手を出そうかなーって思ってたんだけど、こういう関係も居心地が良くて」

「……私、今日引っ越すんだけど」

「何それ初耳。だめだよ」

「キャンセル料とかあると思う」

「俺が払う」

「私、結婚したいんだけど」

「いいよ。俺とする？」

「……お前マジでふざけんな」

私に結婚は向いてないとか言っておいて。

「ふざけてない。俺のこと好きでしょ？」

「……」

思わず深い溜《た》め息《いき》をついた。

「大好き」

世良は意地悪そうに笑ってまたキスをした。

ぎこちない手つきが本当にあんまり慣れてないんだなー、と実感する。

「……」

「……世良、痛いかも」

「我慢して、我慢」

「こういうときはそっちが何とかするもんでしょ。優しい言葉をかけるとか」

「残念。俺は優しくないの」

「知ってる」

「というより、あんまり余裕ないのが本音」

「だよね」

目があってお互いに笑いあった。

＊＊＊＊

まあ、大変だったけど何とかなって三十歳の朝がやってきた。

「えー、どうしよ。何かすごく佐山が愛《いと》しく思える」

世良は世良でよく分からないけど気持ち悪い。

「……あと、大丈夫？」

「うん。世良、結構鍛《きた》えてるんだね」

余分な脂肪《しぼう》なんかなくて、綺麗に筋肉がついてる。

「まあねー。見た目も大事な仕事なんで」

「彼女出来たらファンが悲しむんじゃない」

「どうだろ。俺は身辺綺麗過ぎてゲイだって噂《うわさ》があるみたいだから」

「あー、分かる」

「分かるって」

「世良は人を性別で選んだりしなさそう」

「……」

世良は私を抱き寄せる。

「俺は佐山が良いよ」

「……うん」

「……誕生日おめでと」

「あ、覚えてた？」

「あたりまえ。つーか誕生日だからツアーの合間をぬって会いに来たんだけど」

「あ、ありがと」

「じゃあ俺と結婚する？」

「唐突だな」

「数時間前はふざけんなって言われたけど」

「……」

結婚か。これから相手を探すつもりだったから何か現実味がない。

「しようよ。こういうのは勢いも大事だと思う」

「婚姻届は重い紙切れだよ」

「分かってる。これでも真面目《まじめ》に言ってる」

「……」

「俺と結婚して下さい」

「……はい」

答えはすんなり出た。

「ありがとう」

「いやでも……世良と結婚か」

「良いじゃん。俺は年収億あるから贅沢《ぜいたく》な暮らしも出来るよ」

「……」

億？

「良い男捕まえたね。金持ちだし佐山一筋だし、顔も悪くないし」

「ごめん、ちょっと金持ちのランクが上過ぎて引いてる」

「あー、俺しあわせ」

「ほ、本当に私で良いの？」

「うん」

「うん、て」

「この【うん】には色々含まれてるんです」

「……」

私はギュッと世良に抱き付いた。

「エッチが下手くそでも大好き」

「ははー。これから精進します。ああいうのは経験値だから」

「……うん」

こうして私は三十歳の誕生日に【世良】になった。

今までの人生で一番幸せで大きな変化だった。

アイ　キャンディー　～もう、貴方だけしか～

瑞己梨

夏本番。

猛暑日《もうしょび》が続く中、わたしは朝から甥《おい》っ子《こ》の陸都《りくと》を汗だくになりながら保育園まで自転車で送り、会社へと行く。

いつもと変わらない光景。

パートナーを亡くしたシングルマザーの姉とその息子《むすこ》の陸都と一緒にアパート暮らしを始めて五年。

緒方乃莉香《おがたのりか》、年齢二十五歳＝彼氏いない歴だったわたしが変わったことと言えば、大工王子こと豊川賢雄《とよかわけんゆう》さんと付き合い始めて二週間。

強引に姉が大工王子とわたしとをデートに行かせたのがきっかけ。

あの日から毎朝、アパート前の新築現場で働く彼にお弁当を渡すようになった。

『あの日』とは、大工王子からデートをした日に交際を申し込まれて、返事と連絡先を書いた手紙をお弁当と一緒に渡した日。

わたしは『目の保養だけの人』は作るものの、恋をすることはなかった。

恋人を亡くした姉と甥っ子をずっと支えるため、恋人は作らないと決めていた。

でも、大工王子を『目の保養だけの人』にできなかったのは、話してしまったから……触れられてしまったから……

あの日の昼休み、更衣室にお弁当とスマホを取りに行ったとき、ちょうどバッグの中で振動を感じた。

画面には、以前貰《もら》った名刺《めいし》に書いてあった番号を予《あらかじ》め登録していた『豊川賢雄さん』の文字。

更衣室には他の社員も数人居て、電話の内容を聞かれるのは恥《は》ずかしかった。

急いで更衣室を出て廊下の端の方へ移動し、高鳴る鼓動《こどう》とともに「もしもし」と出ると、「もしもし」と返ってきたのが何だかくすぐったかった。

前日に話していた声より少し高めの声。

「弁当美味《おい》しかったです。手紙もありがとう」と言われて「うん」と答えた。

わたしも緊張しているけど、彼の緊張も電話ごしに伝わってきた。

この時、帰りに大工王子のお弁当箱を買いに行こうと決めた。

少し話をして「また明日」と電話を切った。

「賢ちゃんとデートしたって？」

電話を切ったと同時に後ろから声を掛けられた。

びくっとしてスマホを落としそうになった。

振り向くと同期の万由《まゆ》で、「弟から聞いたのよ」とニヤリと微笑《ほほえ》まれた。

世間というものは狭《せま》いもので、大工王子と万由の弟くんは親友だそう。

二人とも、わたしは参加できなかった週末の会社の飲み会に万由に誘《さそ》われて来ていたそうだ。

昼食をとる場所へ移動し、万由に「付き合うことになった」と話したら、他の同僚の子たちにも、「おめでとうございまぁす」なんて言われて、コソコソしてるのがバカらしかった。

お互い電話番号が分かったおかげで、無料メッセージアプリのお友だちとなり、毎日のようにやり取りをするようになった。

『おはよう』

『おつかれさま』

『がんばって』

『ありがとう』

『おやすみ』

ありふれた、なんてことないメッセージやスタンプのやり取り。

そして『賢くん』『ノリ姉《ねえ》』と呼び合うようになった。

『ちゅっ』

『好きです』

なんてのも、普段恥ずかしくて言えないことまで送ったりなんかしている、わたしたちは実はまだキスまでたどり着いていない。

自然とそうなる機会がないだけだし、急いでしなくてもいいとは思う。

だけど賢くんはわたしの四つ下の二十一歳で、それはもちろんそういうことに関しては勢いのあるお年頃だろうし、これでいいのかなと思うわたしもいたりして。

そんな時、彼からお盆《ぼん》休みに入るこの週末に、花火を観に行かないかとのお誘いがあった。

アプリのメッセージ画面を見ながら、ドキドキの波がどんどん満ち溢《あふ》れそうになったころ。

『よかったらお姉さんと陸都くんも一緒に』

と、続けて送られてきて、二人きりでじゃないのかぁ……と、ちょっとガッカリした。

けれど、そこが彼の人の好《よ》さであって『ありがとう。話しておくね』と返信をした。

大工王子の賢くんのお休みは日曜日だけ。

姉が週末にパートへ出るときには、わたしが陸都の面倒を見ている。

昨日と先週の日曜日も彼は陸都の遊び相手をするために、公園や河原《かわら》へ連れていってくれた。

それがわたしたちのデート。

彼がわたしの家族も大切にしてくれていることが分かる。

昼休みにスマホを確認すると彼からのメッセージが入っていた。

『弁当いただきます』

『今日も旨《うま》かったよ』

『あと五日だね』

そして、花火のスタンプ。

お弁当の感想と花火の日までのカウントダウン。

『お疲れ様。楽しみだね』

素っ気ない返事だったかな。

けれど毎朝会っているのに、またすぐに会いたくなる。

タイムラインを覗《のぞ》くと『オレの彼女弁当』と写真が載っていて、『いいね』がいくつも付いていて、恥ずかしくなった。

彼にすぐさま『お弁当恥ずかしいよ』と送ったら、『グッ』と親指を立てているかわいいクマのスタンプが送られてきた。

これはどう受け止めたらいいのだろう？

「花火観に行くんだったら、やっぱり浴衣《ゆかた》でしょ」

夕飯が終わって、姉がリビングのローテーブルの上に置いたのは、二着の浴衣と帯。

そして、下駄《げた》。

仕事の合間に実家から持ってきたらしい。

「実家に浴衣って置いてあったの？」

わたしは見たことも着たことも記憶《きおく》にない。

「お母さんのと叔母《おば》さんの。むかしむかしの物だけど、綺麗《きれい》に取ってあったわ。ちょっとレトロな感じでいいと思うの」

一つは、黒ストライプに椿《つばき》柄、濃いピンクの帯。

もう一つは、ベージュにオレンジの金魚柄、薄緑の帯。

「うん。素敵《すてき》」

「ノリはどっち着てく？」

「え、お姉ちゃん先に決めてよ」

……………。

「ママきんぎょ。ノリちゃんおはな」

姉とどっちを着ていくか悩んでいると、横から陸都が即決してくれた。

姉と二人、顔を見合わせ微笑んだ。

かわいい甥っ子の仰《おお》せの通りに。

「じゃーん！　陸都にも甚平《じんべい》があるのでーす。ばぁばが買っといてくれたんだよ」

今度は、姉は陸都に「これを花火の時に着ていこうね」と優しく微笑んでいる。

陸都も「やったぁ」とはしゃいでいた。


楽しみにしていた日はあっという間にやってきて、賢くんは車でわたしたちを迎えにきてくれた。

わたしたちを見た彼は、ハッとした顔になり赤くなりながら「二人とも素敵ですっ」と言ってくれた。

浴衣を着ることを伝えてなかったから驚くのも無理ないか。

「はい、はい、豊川さんはノリだけ見てればいいのよ～。さぁ早く行きましょ」

陸都を運転席側の後部座席に乗せ、その隣に姉が乗る。

賢くんは陸都のために簡易型のチャイルドシートを購入してくれていた。

彼の親友で万由の弟くんがカー用品店に勤めていて、そこで安く手に入れたらしい。

姉は悪いから料金を支払うと言っていたが、彼は「どうせオレの子どもが産まれたらまた使うことになるだろうし」とそれを断った。

その言葉にドキドキした。

「オレの子ども」というのは、「わたしの子ども」ということにもなるのだろうか。

何を考えているんだか。

まだキスもしていないというのに。

三十分ほどして、花火会場近くの駐車場に着いた。

その間、話をしながら、助手席に乗るわたしはシフトチェンジする彼の腕や足の動きを見ていた。

彼の車はＭＴ《マニュアル》車。

発車と共に忙《せわ》しなく左腕と左足が動く。

筋肉質な腕が、骨ばった手が、レバーに乗ってあっちこっちとスムーズにシフトチェンジする様はうっとりとしてしまう。

車から降りるときにそんな手が差し出されて、わたしはその手を取りすっと立ち上がった。

後部座席で陸都のチャイルドシートのベルトを外し、降りようとしていた姉にも同じように手を差し出し、また反対側へ回って陸都を降ろしてくれた。

どこまで王子なんだ。

「さて、ここからは別行動ね」

姉が陸都の手を引いて歩き始めようとする。

「え、なんで？」

わたしはそれを引き止めようとした。

「そんな付き合いたてのカップルの邪魔《じゃま》をするほどバカじゃないわよ。私は陸都と適当に場所見つけて花火見物するし、終わったらまたここに集合ね」

「さぁ、行こう」と陸都の歩幅に合わせて歩いていく姉の後ろ姿に小さく「ありがと」と呟《つぶや》いて、隣に立つ賢くんを見た。

彼も「ありがとうございますっ」と深くお辞儀《じぎ》をしていた。

顔を上げた彼と目が合って、照れたわたしたちだったけど、差し出された左手に何の迷いもなく自分の右手を重ねた。

そして……指を絡めた。

花火は手を伸ばせばそこまで届きそうな、すぐ目の前で大輪の花となってわたしたちを魅了《みりょう》した。

何発も何発も上がっては咲いて、儚《はかな》く消えていく。

わぁ……と感動している耳元で「ノリ姉」と聞こえたような気がして賢くんの方を向いた。

…………………………

………………

………

体が固まってしまった。

わたしの目の前にどアップの彼の顔があって、口唇《くちびる》に柔《やわ》らかいものが触れていて。

何が起きたのか暫《しばら》く理解できなかった。

柔らかいものが離れていき、それはまた耳元へ移動して「好き」と呟いた。

何秒間固まって、何秒間見つめていただろう。

それが理解できたとき、花火の打ち上げ音よりも大きいんじゃないかと思うくらい、わたしの心臓はバクバクと鳴り出した。

「ひ、ひ、人が見てたかも知れないじゃないっ」

わたしは周りが気になって、キョロキョロした。

「大丈夫。みんな花火を観てるって」

確かに周りの人たちは皆、空を見上げている。

それにしても彼の不意打ちに、わたしのバクバクは止まらない。

「ノリ姉、もう一かぃ……」

言い終わらないうちに、またわたしの口唇は彼のそれによって塞《ふさ》がれた。

花火はフィナーレを迎えて、夜空は月と星だけを残し瞬《またた》いていた。

辺りはまだ火薬の匂いが残っている。

観客がゾロゾロと帰っていく中、わたしたちはまだその場に座っていた。

「ノリ姉、今度は二人で旅行しよう。オレも親父《おやじ》に頼んで土曜日休みにしてもらって、土日丸々二日間、二人っきりで居たい」

賢くんがわたしの顔を覗き込んで、真剣な顔で言った。

だんだんと顔が熱くなってくるのが分かる。

二日間ということは、当たり前だけどホテルや旅館に一泊するということで。

どう考えても、それは、さっきしたことのそれ以上のこともあり得る訳で。

年齢二十五歳＝彼氏いない歴だったわたしは覚悟を決めて行かないといけない。

「う、うん。お姉ちゃんの仕事のシフトもあるから、お姉ちゃんも休みのときなら……」

至近距離にあった彼の顔がくしゃっとなって、わたしの頭を撫《な》でた。

「遅いぞ！ 花火終わってだいぶ経《た》つのに!!」

ニコニコとわたしたちが戻ってくるのを、賢くんの車の横で待っていた姉が、言葉では怒っているくせに顔がにやけている。

わたしたちの様子を見て、何かを察したのだろう。

いや、その、旅行の話をしていて遅くなっただけで、キスをしたのはあの二回だけなんだけど。

賢くんが陸都のそばへ行き、頭に手を置いて「楽しかったか？」と屈《かが》んだ。

陸都は元気よく「うんっ」と返事をして、「おおきなおとにビックリしたけどね、はなびきれいだった」とまだ興奮冷めやらぬ感じだった。

そんな光景を見ていて、もし将来、賢くんとわたしとの間に子どもが産まれたなら、きっともっと貴方《あなた》は大事にしてくれるんだろうなと思った。

そう、もう、わたしは……

貴方だけしか……

掌

西野夏葉

あたしは決して裕福《ゆうふく》な生活をしているわけではないから、いろいろなことに気を遣《つか》う。コンセントを抜く？　当然じゃない。風呂の残り湯で洗濯《せんたく》？　そもそもガス代が嵩《かさ》むから、バスタブに湯を張るなんて行為は、かれこれ数年来、したことがない。基本的に弁当をつくるようにしているし、できなければ昼食を抜くことすらある。

このくらいのことは誰にでも考えつくことなのだろうが、世の中には「いつも使うものとか必要なものには、相応の金をかけるべきだ」という人もいる。その「いつも使うもの」としてよく例に挙《あ》げられるのは、スマートフォンのように、現代人がいつも肌身《はだみ》離さず持ち歩いているものが多い。

確かに、あたしだってスマートフォンを持っているけれど、街を歩けば歩きスマホ、電車に乗れば座っていようが立っていようがスマホ、マックに入れば無料の Wi-Fi に繋《つな》いでスマホ……という有様だ。現代人からスマートフォンを取り上げたら、その退屈さを理由に、いったい何千万人が自死を選ぶのか、あたしは時折そう疑問に思う時がある。

ちなみに言えば、あたしはスマートフォンを取り上げられて、これからいわゆるガラケーを使いなさいと言われても、何の抵抗もせずに是認《ぜにん》するはずである。そもそも今使っているスマートフォンだって、単にこれを買えば家に引いているネット回線が安くなるという触れ込みだったから買っただけの話だ。他に理由などない。両親や彼氏と連絡が取れるなら、スマホだろうがガラケーだろうが、なんならトランシーバーでも構わない。

そんなあたしには今、どうしても、我慢《がまん》ならないことがあるのだ。

東横《とうよこ》線の車内で、今、あたしの隣《となり》に座っている彼が、彼女であるあたしを差し置いて夢中になっている、あるモノの存在である。

世間的にそれは「スマートフォン」と呼ばれるものだ。

あたしはずっと思っているのだけど、恋人が隣にいるのに、指を這《は》わせるのが恋人の手とかじゃなくて液晶《えきしょう》のタッチパネルって何なの。そんなに最近のスマートフォンは手触りがいいの？　あたしだって一応スキンケアには気を遣ってるのに。本当はそのへんで売ってる安いハンドクリームでいいやと思っているけれど、少しでも彼の気を引こうと思ってピーチのにおいがするすごい高いやつを買ったにもかかわらず、彼は未《いま》だにスマートフォンから指を離そうとしない。というかあたしの塗《ぬ》りたくったハンドクリームからそんなにおいがするということすらも、彼は下手《へた》したらわかっていないかもしれない。

あと、あたしは彼と最後に会ってから今日までの間に、髪《かみ》を結構ばっさりと切ったし、色も染めた。あまりにも思い切って切り過ぎたので、職場の同僚には「振られちゃったの？」と言われたくらいだ。しかしながら、彼からはそのことに未だ言及《げんきゅう》がない。今日、代官山《だいかんやま》の駅で彼と待ち合わせて、出会って交わした言葉は未だに「おう、行こうぜ」の一言だけだ。なにそれ。これが戦争映画だったら三秒後には死んでいそうな台詞《せりふ》だ。

電車は、もうすぐ渋谷《しぶや》に滑《すべ》り込むらしい。アナウンスを聞いて、皆がばたばたと降りる準備をはじめた。彼と同じように、スマートフォンの画面を凝視《ぎょうし》していた人々も、はっとした顔をしてスマートフォンを鞄《かばん》にしまい込んだり、ポケットに突っ込んだりしている。中には、それでもスマートフォンを見つめる視線を逸《そ》らさず、感覚だけで近くのドアに歩き出す人もいた。首を振りながらそうやってドアに向かう様子を見て、おまえは潜水艦《せんすいかん》か何かか、と言いたくなる。それでも器用に人とぶつからないように歩いているから、本当にセンサーか何かが頭に仕込まれているのかもしれない。

そんなことを考えていたら、気づくと隣の彼もスマートフォンをどこかにしまって、あたしの顔を不思議そうに見つめていた。新人類でも見つけたような目で見つめないでほしい。さっきまでスマートフォンの画面を見ていた時の方が、まだ優しい目をしていた気さえする。いっそあたしも頭にＣＰＵとＯＳを埋め込んで、何を言われても「すみません、よくわかりません」とか言っていればいいのか。

「――なに」

あたしは率直に言って、生身の人間ならまだしも、機械に嫉妬《しっと》していた。ただそこにあるだけで、彼の気持ちをほしいままにする、あの掌《てのひら》におさまるあいつが憎《にく》くて仕方なかった。いったい誰なんだ、スマートフォンなんか開発したやつは。世の中がまだガラケーで止まっていたならば、ここまでのことにはならなかったはずなのに。

憮然《ぶぜん》として言ったあたしに、彼はほんの少しあきれたような、それでもどこかにあたたかさを持った笑みを口元にたたえながら、言った。

「スマホ、見て」

なによ、どれだけスマホが好きなの。あんたなんて、もうあたしじゃなくてスマホと付き合ったらいいんだ。本当はスマホなんて略すのは何となく馬鹿っぽいからスマートフォンと呼びたいけれど、もうそれすらも面倒臭い。いいんだよ、もう、スマホで。長音を含めて四文字も節約できたよ。よかったね。あたしの気分は全くよくないけど。

「なんで？」

「いいから。ほら、もう着いちゃうぞ」

だからなんだっていうのよ。その前に、あたしのこの気持ちをどうにかしてよ。あんたのだけじゃなくて、この車両の中にいる人間が持つ全てのスマホを、夜の学校の窓ガラスよろしく破壊《はかい》してまわりたいくらいなのに。それなのに、目の前にいるのに、スマホを見ろってどういうことなわけ。

もうわかった。もうスマホと結婚すればいい。スマホに子供を産んでもらえ。そして役所の戸籍《こせき》係がドン引きするようなとんでもない漢字を当てて、アンドロイドとか名前を付ければいいんだ。

最高に気分の悪い中で、あたしはバッグから自分のスマホを取り出して、新着メッセージの通知を、切って捨てる勢いでフリックする。

〈髪、切ったね。色も明るすぎなくて、よく似合ってる〉

彼からのメッセージだった。

彼は、あたしのことなんて何も気にしていないのかと思っていたけれど、ちゃんとあたしの変化に気づいてくれていたらしい。

でも、それならそうと、どうして口で言ってくれなかったのだろう。

疑問を浮かべながら、スマホの画面を見つめて硬直《こうちょく》しているあたしの身体《からだ》を、彼がひょいと立たせてくれた。気づけば電車は渋谷のホームで停止していて、乗客をステンレスの車体から吐き出しているところだった。人の波に押し流されるように、あたしと彼は、ホームに降りた。

「――なんで、スマホで」

あたしの唇《くちびる》が紡ぎ出す言葉は、なんだか頭が真っ白になってしまったからか、壊れたロボットのような片言だった。彼は鼻の下を指でしゅっとやりながら言う。

「だって、電車の中じゃ気《き》恥《は》ずかしくてさ」

高校生か！

でも、確かに彼は割とシャイな、どちらかといえば草食系な男子である。人ごみの中で手を繋ぐのも恥ずかしがるような人だ。それでもあたしが強引に手を握ると、さっきみたいに、自販機で売られているホットの缶コーヒーみたいな、ぽわんとあったかい笑顔を浮かべるのだ。考えたら、彼のそんな少し子供っぽい面も、あたしが彼を好きになった理由のひとつでもある。

「……変じゃないかな」

それを考えたら、なんだか今度はあたしが恥ずかしくなってきて、苦し紛れにそんな言葉を呟《つぶや》いていた。

「いいんじゃないかな。少なくとも、俺は好きだよ」

色合いもなかなか……などと言いざま、彼はあたしの髪の毛先をつまんで、指先でもてあそぶ。天井の蛍光灯《けいこうとう》に照らされ、本来の色よりも少し赤みがかって、妙に明るく見えた。

別の電車が、反対側のホームに滑り込んできた。少し湿った、冷たい風があたしたちの身体を揺らす。その風のせいか、あるいはその他の何かのせいなのか、さっきまで地中のマグマのように煮《に》え滾《たぎ》っていたあたしの怒りは、すっかりどこかへ消えていた。

たかが機械に、馬鹿じゃないの。

それでも、人の心は、簡単に移ろいゆくものだ。

だから、あたしは、負けるわけにはいかない。

あたしは未だに髪をいじっている彼の手をとり、ぎゅっと握った。彼はちょっとだけ、びくっと身体を揺らしたけれど、すぐにあたしの手を優しく握り返してくる。

大丈夫。いま、彼の掌の中にあるのは、スマホじゃなくて、あたしだ。

安心させるように自分に言い聞かせながら、ぐい、と彼の手を引いた。

カ・ン・セ・ツ

咲花実里

俺の家に来ないかと軽い調子で誘われて、酔《よ》った勢いで軽くＯＫを出してしまった。途中のコンビニで更にビールやら酎《ちゅう》ハイやらを大量に買い込み、ほいほいと付いてきてしまった飯田《いいだ》さんのアパートは五階建ての県営住宅みたいな昭和レトロなデザインで、階段や廊下《ろうか》の電気が所々点《つ》いたり消えたりしていた。

「俺の部屋、四階の奥なんだけど」

お酒の所為《せい》で目元を赤くした飯田さんが言う。

「はぁい。了解っス」

私は額に手を当てて敬礼《けいれい》のポーズを取った。

「エレベーターなんて洒落《しゃれ》たもんはねぇから」

「ええっ？」

飯田さんは半眼になり、ギロリと睨《にら》んでくる。

「文句あるか？　大島《おおしま》」

「ありません！」

また同じようにかかとを合わせ敬礼のポーズを取ると、飯田さんはにやりと表情を崩した。

「よしっ。ついてこい、大島」

「はいっス」

長身の背中に続く。コンビニの袋は二つとも飯田さんが持ってくれていた。

「赤いぃ石けんー」

今日は会社の新年会だった。週末の所為もあってか二次会のカラオケには三分の一のメンバーが参加した。そして三次会組、ラーメン組、帰宅組と別れ、私は帰宅組だったんだけど。

「それ。んーと。なんとか川？」

飯田さんの鼻歌にツッコミを入れる。飯田さんは顔だけで振り向いてニヤリと笑った。

「神田川《かんだがわ》。大島も知ってるか？」

「知らないですけど、多分、石けんは赤くないっス」

「そうだな。赤いのは手ぬぐいか」

あははと笑って、また正面を向き歌い出した。

ぱちぱちと電球の音がする廊下に、若干調子の外れた歌声が静かに響《ひび》く。

私はこの低い声が好きだ。

東京でのアルバイト生活から、地元に戻ってこの会社に入ったのが二年前。本当はずっと東京《むこう》にいたかったんだけど、色々あって戻ってきた。

——恋人と親友を同時に失ったのだ。

いくら明るく元気しか取《と》り柄《え》がない私だって、彼らの裏切り行為は耐《た》えることができなかった。優しく相談に乗ってくれている後ろで、二人仲良くしていたなんて。

静かな鼻歌をバックに階段を上る。一段先を行く飯田さんはいつもと変わらない足取りだ。飯田さんにとってこのシチュエーションは、家で呑《の》み直したいから呑める後《こう》輩《はい》を誘ったということでしかなくて、深い意味なんてないんだろう。一歩いっぽ部屋に近付くたびに私の心臓《しんぞう》がはち切れそうになっていることなんて、きっと分からないに違いない。

「何もねぇけどな。入れ」

「お邪魔《じゃま》します」

重たいスチール製のドアを開け招かれた部屋は、一歩踏み込んだだけでぷん、とタバコの匂いが漂《ただよ》ってきた。

飯田さんの匂い。

「外観もそうでしたけど、中も昭和っスね」

コートを脱ぎながら入ると奥にリビングが広がっていた。中央に鎮座《ちんざ》するこたつがさらにレトロ感を増している。

飯田さんもコートを脱いだ。

「築何年だったかな? 見た目通り相当古いんだぜ。この部屋もフローリングっつうか板間だよな。ワックスでも塗《ぬ》れば良いんだろうけど」

木目のはっきりとした濃茶色の床は、あちこちに家具の跡《あと》が残っている。隣の和室との境《さかい》の敷居は低い段になっていて、バリアフリーとは程遠い。

「塗ればいいじゃないですか」

「面倒」

一言で返された。まあ、飯田さんがワックス掛けなんてするとは思えないけれど。

「洗面は玄関の右だから。あ、コート掛けるか?」

「はい、了解っス。コートは丸めとくんで大丈夫です」

いそいそと洗面に向かい勝手に電気を点けた。洗面台には充電中の電気シェーバー、歯ブラシに歯磨《はみが》き粉《こ》が置いてある。

(私とおんなじ歯磨き粉だ)

たったそれだけのことで顔がにやける。歯磨き粉なんて簡単にかぶるのに。

(我ながら単純)

正面の鏡に映る顔を見て前髪を直した。今更遅いかもしれないけれど、少しくらい可愛《かわい》く見られたい。乙女《おとめ》心とボーイッシュは遠いようで近いのだ。

リビングに戻ると、長身が小さくこたつに収まっていた。こたつの上にはさっき買った缶ビールに柿ピーとさきいか、そしてタバコが並んでいる。明らかに女子として意識されていないラインアップ。

「お前も入れよ。まだ冷たいけどすぐに暖かくなる」

咥《くわ》えタバコの飯田さんが私を見上げて言う。私は頷《うなず》いて隣の辺に入った。飯田さんの言う通り、布団はひんやりと冷たい。

「こたつって何年振りかな。懐《なつ》かしいっスね」

「そか。大島ん家《ち》にはねぇの？」

「だって狭いですもん。エアコンで十分」

飯田さんは灰を灰皿に落とし「俺ん家はすきま風が酷《ひど》いから」と笑う。

「じゃあ乾杯すっか。缶のままで良いだろ？」

「はい！」

ぷしゅ、と小気味よい音を立てプルタブを引き、缶を合わせた。カラオケ屋で呑んでいた薄い発泡酒と違って本物のビールだ。

「んまいっス」

飯田さんは笑顔で頷き、またタバコを咥えた。細く昇る煙が動き出したエアコンの風で散る。

「ほら、好きなの観て良いぜ」

そう言ってテレビのリモコンを渡された。特に観たい番組もなかったけれど音が欲しかったので、電源を入れて映ったチャンネルのままにした。名前は知らないがアクションものの洋画をやっている。

「大島はさ、小林《こばやし》あたりとよく呑みに行ったりするの？」

「いいえ。プライベートでは全然。飯田さんこそ会社の人と呑みに行ったりするんですか？」

「ははは。俺もあんまり無《ね》ぇかなあ」

くしゃりと笑ってビールを呷《あお》る。普段は少し怖く見える一重《ひとえ》が優しい弓の形を描いていた。ちょっと貴重。

（おじさんなんだけど……）

飯田さんは若く見えるとはいえもう四十歳で私は二十六。私の知らない三十代を既に生きてきた人だ。仕事での絡みは殆《ほとん》ど無く、私の歓迎会のときにたまたま席が隣になってから話すようになった。そのときは共通の話題もなく自然と年齢の話になったんだけど、私の年齢を伝えた途端「お前、まだ子供じゃねえか！　髪も背もちんちくりんだし」と目を丸めた顔をいまだにはっきりと覚えている。今考えると結構失礼。

それが理由って訳じゃないけど、あれから少し髪を伸ばした。

飯田さんはひょろりと背が高くてちょっと猫背。こめかみにすこしグレイの混じる黒髪。頬骨《ほおぼね》の張ったシワの目立つ頬に切れ長の目は一重で、はっきり言って第一印象は怖いおじさんだ。実際、客先の電話にはすぐにキレるし、冗談とか言わないし。

でも、そんな人間臭い人だから。

「なぁ。大島って普段も呑んでんの？」

「晩酌《ばんしゃく》ですか？　もちろん。そんなに料理はしませんけどキッチンドリンカーっス」

「キッチンドリンカーって小洒落て言っても、要するに、呑兵衛《のんべえ》ってことだろ」

「キッチンで呑むだけで、大量に呑む訳じゃないっスよ」

飯田さんは「同じだって」と笑った。目尻にシワが寄ってほうれい線が深くなる。普段の怖い顔とは別人のくしゃりとした優しい笑顔。

「飯田さんこそ。呑兵衛なんスよね？」

「おう。そうだなぁ。酒とタバコ半々かな」

飯田さんの長い指がタバコの箱を弄《もてあそ》んだ。

「タバコ。私も吸ってみたいっス」

東京に居た頃、友達のタバコを吸わせて貰《もら》ったことがある。ただ苦いだけで何でこんなものにお金を掛けるのか理解できなかった。けれど飯田さんのタバコなら美味《おい》しいような気がする。

　飯田さんは私の瞳《ひとみ》を見つめ、左側の口端を持ち上げた。

「駄ぁ目。大島にはまだ早い」

「また子供扱いしたっスね」

　私は唇《くちびる》を尖《とが》らせて柿ピーに手を伸ばした。かしゃりと乾《かわ》いた音がする。

「だって子供だろ？」

　飯田さんはこたつに肘を付き顎を載せた。頬のシワが深くなる。私はその顔に缶を見せつけるように持ち上げ、一口呷った。

「子供は酒を呑みません」

　くつくつと肩が揺れる。分かってる。こういう行動がガキっぽいんだってこと。

（大人の余裕が悔しい）

　私は逃げるように視線を逸《そ》らし、柿ピーを一摑《ひとつか》み口に放り込んだ。

「……大島」

　笑みの残る顔が低い声で私の名前を呼ぶ。

「はい？」

　再び視線を合わせると、長い指がちょいちょいと私を誘った。首を傾《かし》げて耳を近付ける。今日はどんなピアスをしてたっけ、なんて短い時間で考えた。

視界の端では銃と銃とが対峙《たいじ》する緊迫した睨み合いのシーンが流れている。

飯田さんは私の耳元に顔を近付けた。

「違《ちげ》ぇよ、大島」

「違うって何がっスか」

耳を擽《くすぐ》るように飯田さんの声が笑う。タバコの匂いと頭の奥に響く低音。身体《からだ》の芯《しん》がジンジンと痺《しび》れてアルコールがぐらりと回る。

「こっち」

長い指が伸びてきて私の顎を捕らえた。そしてそのまま、くい、と正面を向けさせられる。

「え？」

視点も定まらない至近距離で一重が細められるのが分かった。

「飯………」

名前を言い終わる前に、飯田さんの唇が私のそれに重なる。

（!!）

突然のキスにぎゅっと目を瞑《つぶ》った。まぶたの裏に今日の出来事がすごい勢いでフラッシュバックして、そのままホワイトアウトする。

そして……

「…………ふ」

薄く開いた唇から口内にふぅと息を吹き込まれた。

（!!）

私はどうしてよいか分からずに息を止める。それを吐き出すことも、飲み込むこともできない。もういっそ、口の中で霧《きり》のように溶けて私の一部になって欲しい。

飯田さんはゆっくりと顔を離し、また頬杖をついて面白《おもしろ》そうに私の顔を見た。

「子供の大島には間接タバコ」

「…………か……んせ」

飯田さんはそれ以上何も言わずに再びタバコを咥え、テレビへ顔を向けてしまった。吹き替えの声が何か叫んでいるが、少しも頭に入ってこない。燃え上がるように熱く火照《ほて》る頬と耳。

（間接なんて……味、分かる訳無いよ）

唇を噛みしめ斜め前の横顔を見る。一重の瞳、ほうれい線の目立つ頬、タバコを咥える薄い唇。

今日のこの呑みに意味が無くても、間接タバコが単なる遊びだったとしても。

やっぱり飯田さんが好きだ。

「おっ。主役が撃たれたぜ」

飯田さんはテレビを見ながら声を上げた。

「それとも主役じゃねぇのかな？」

ゆらりと煙が立ち上る。私はぷっと吹き出した。

「飯田さんって、いつもＴＶと会話する人っスか？」

「しねぇよ……って自信無ぇけど」

頬をぽりぽりと掻《か》きながら唇を尖らせる。

「あはは。独り身が長いとＴＶがお友達になっちゃうっスよ」

「うるせぇ。余計なお世話だよ」

片眉を吊《つ》り上げ、拗《す》ねる強面《こわもて》が可愛いかった。バクバクと煩《うるさ》い心臓は既に限界を超えている。視界がぐるぐると回るのはアルコールの所為だけではないはずだ。

（酔った勢いだけど……今、言おう）

私は呼吸するように、できるだけ自然に口を開いた。

「だから独り身止《や》めませんか？　今なら私、お買い得っス」

飯田さんは一瞬大きく目を見開いたかと思えば、すぐにいつもの顔に戻りタバコを灰皿に押し付けた。ふうと大きく息を吐き、空いた手を私の頭に伸ばす。あの頃より少し長くなった髪。大きな手がくしゃりとそれを掻き混ぜた。

「そうだな。考えとく」

低い声が煙と共に狭い空間に溶ける。

「絶対、損はさせないっスから」

力を籠《こ》めた台詞《せりふ》に飯田さんは優しく目を細め、あははと笑った。

おじさんで、背が高くて、渋《しぶ》い声で、タバコもお酒も呑んで、大人の余裕もあるくせに、短気で怒りっぽかったりもして。

私の大好きな人。

映画はエンドロールが流れ始めていた。撃たれたという主役はどうなったのだろう。

（まぁ、どうでも良いか）

身体を揺らし、少しだけこたつの奥へ進む。トンと足がぶつかると、飯田さんの左側の口角が持ち上がった。

「もう一回、タバコ吸うか？」

（もう一回⁉）

「はっ、はいっス！」

真っ赤な顔で頷けば「必死すぎ」と笑われる。

「だって……」

飯田さんは優しく笑ったまま顔を近付けてきた。次第に濃くなる飯田さんの匂い。

（もうちょっと髪を伸ばそうかな）

柔らかな感触に全身が蕩《とろ》ける。こたつがほっこりと暖かかった。

お婿選びには困難がつきものです。

霧内杳

……はぁーっ。

ドレスを着るとため息が漏《も》れる。

やだな、パーティ。

自分の誕生日を祝うために皆集まってくれているとわかっていても、逃げ出したい。

「これは俺からのプレゼント」

こそこそと執事《しつじ》の章史《あきちか》さんの手が私の耳元で動き、離れるとピアスのパールが揺れていた。

いままでは大きなくまのぬいぐるみなんかで、子供扱いされるのが嫌だったのだけれど。

私の頬《ほお》にふれたまま、なぜが章史さんはじっとしている。

「章史さん？」

「誕生日、おめでとう。
もう気軽に、お嬢とか呼べなくなるのかな」

声をかけると、鏡越しに目があった。

僅《わず》かに口の端に笑みを載《の》せると、すいっと頬を撫《な》でて離れる。

いつもはネクタイを緩め、シャツは第二ボタンまで外したりと、着崩《きくず》してる執事服だけれど。

今日は流石《さすが》に、きちんと着ている。

乱雑な言葉遣いはいつも通りだが。

「綺麗だ、お嬢。

きっとあいつなら、幸せにしてくれるから」

「……」

「お嬢？」

黙っている私に、僅かに、銀縁眼鏡《めがね》の下、章史さんの眉根が寄った。

「なんでもないです。お客様をお待たせするわけにはいかないですもんね」

努めて明るい顔を作って笑うと、章史さんは黙《だま》って頷いて私に手を差し出した。白い手袋の、はめられたその手に自分の手を載せて立ち上がる。

……今日は私の、この先の人生が決まる日。

逃げることはできない。

ずっと女子校育ちで、家族と使用人以外の男性とは、口を利《き》くことがなかった。なのに、大学入学と同時に始まったのは婿探《むこさが》し。

桐蔭《とういん》家のしきたりで二十歳の誕生日、生涯《しょうがい》の伴侶《はんりょ》を決めなければならないのだ。

「お嬢。
　いい男がいるといいな。
　俺としては成澤《なるさわ》のお坊《ぼっ》ちゃんあたりがお勧め」

　初めてパーティにひとりで出席した日。

　会場に私を送り出しながら、愉《たの》しそうににやにや笑っている章史さんにはぁっと心の中でため息をつく。

　ヤキモチを妬《や》いて欲しいとまでは云《い》わない。

　でも、せめて、少しくらい嫌がって欲しいと思うのは、高望みなんだろうか。

「では行って参ります」

　緊張で手が震《ふる》えてる私のあたまにぽんぽんと章史さんの手がふれた。

「心配しねーでも、ちゃんと控《ひか》えてる。
　あぶねーことになりそうだったら、すぐに助ける。
　安心して行ってこい」

「……はい」

　にかっと歯を見せて笑う章史さんに、ぎこちないまでも笑顔を返す。

　手の震えはいつの間にか止まっていた。

会場に入ると注目された。

婿探しの話はすでに広まっている。

元華族《かぞく》で世界に名だたる桐蔭グループ総帥の一人娘。

手に入れたい人間は五万といる。

皆、牽制《けんせい》しあって話しかけてこないので、これ幸いと壁《かべ》の花を決め込んだ。

遠巻きに、ちらちらと視線を送られながらひそひそと話されるのはあまりいい気分ではないが、話しかけられるよりはまし。

「桐蔭さん」

しばらくたってかけられた声に顔をあげた。

立っていたのは絹川《きぬかわ》家の次男。

「お暇《ひま》、ですか？」

「ええ。

誰も話しかけてきてくださらないから」

はぁーっとこれ見よがしにため息をついたら、絹川さんはその端整《たんせい》な顔に苦笑いを浮かべた。

「確かにこういうのは、あまり気持ちのいいものではないでしょうね」

わかっているのならやめてほしい。

いや、いっそのこと、パーティが終わるまでひとりで放っておいてくれた方がいいか。

「まあ、自分から話しかけない、私も悪いんでしょうけど」

にっこりと作り笑顔を浮かべると、周りの男たちが全員黙った。

一拍おいて我にでも返ったのか、わらわらと寄ってくる。

「桐蔭さん、僕、ヨットを持ってるんです。今度一緒にクルーズ、どうですか？」

「桐蔭さん、今度スイスに新しいホテルをオープンするんです。是非、オープニングイベントにいらしてください」

「桐蔭さん、……」

「桐蔭さん、……」

笑顔を張り付けたまま、寄ってきた男たちの顔と名前をインプットする。

ただし、返事は曖昧《あいまい》に笑って誤魔化《ごまか》し、決して約束はしない。

「今日はみなさまとお話しできて楽しかったです。では、ごきげんよう」

長い苦行の時間が終わり、章史さんがドアを開けてくれた車に乗り込むと、はぁーっと深いため息が落ちた。

「お疲れ、お嬢。
あんたのお眼鏡にかなう男はいたか？」

来たときと同じで、愉しそうにくつくつと笑う章史さんに腹が立ってくるが顔には出さない。

「疲れました。
早く帰って休みたいです」

「はいはい」

章史さんの合図で車は走り出す。

揺れのない静かな車内で、少しのあいだ目を閉じた。

屋敷に帰り、章史さんが足湯を用意してくれた。

ラベンダーのアロマオイルが入れられた湯の中に足を浸《つ》けると、少し疲れが和《やわ》らいだ気がした。

「で、お嬢。
今日声をかけてきた奴《やつ》は？」

ぴちゃ、上着を脱ぎ、袖をまくって湯の中に入れられた章史さんの手が足にふれ、私はゆっくりと瞼《まぶた》を落とす。

「絹川家の次男とあとは……」

覚えている限りを章史さんに報告した。

私が話しているあいだ、黙って章史さんは私の足に指を這《は》わせる。

踵《かかと》、足首、土踏《つちふ》まず、足の甲《こう》、指の一本一本まで丁寧《ていねい》に。

「ん、わかった。

だいたい俺が聞いたのと同じだな。

それで？

気に入る奴はいたのか」

「……特には」

章史さんの手が離れ、ぴちゃんと滴《しずく》が落ちる。

目を開けると視線のあった章史さんが唇《くちびる》を歪《ゆが》め、人の悪い笑みを浮かべた。

「お嬢は面食《めんく》いだからな」

「……」

誰のせいだと思ってるんだ、そう責めたいけれど、黙って差し出されたバスタオルに足を載せる。

水気が拭き取られ用意されたオットマンに足を載せた。

見下ろすと、章史さんが私の足にマッサージオイルを丁寧に塗り込んでいる。

珍しくセットされていた髪は、帰ってきてどうでもよくなったのか崩れてた。

もったいない、きちんとしてれば格好いいのに。

いや、いつものだらしない姿でも十分いい男だけれど。

小さい頃から章史さんに世話されてきた私は、章史さん以上じゃないといい男だとは思えない。

「じゃあ、今日はもう、ゆっくり寝な。

おやすみ、お嬢」

「……おやすみなさい」

まるで子供のように私を寝かしつけ、章史さんは部屋を出て行った。

はぁっと布団の中でため息。

今日のようなパーティが二十歳の誕生日まで続くんだと思うと気が重い。

そもそも、私が選びたい相手はあの人たちの中にはいないのだ。

何度パーティに出席しても無駄。

でも、それを伝えることはできない。

それからもたびたび、パーティに出席した。

招待を受けたからって章史さんに勧められて、観劇《かんげき》やクルーズに出かけたこともあったが、ただただ苦痛だった。

誕生日が近付くにつれて、気持ちはどんどん重くなり、ため息が増えていく。

「……はぁっ」

「ん？
お嬢、疲れてんのか？」

「……いいえ」

私の悩みの種は婿選びだけじゃない。

章史さんからときどき、違う香りの、シャンプーのにおいがすること。

それは毎回違うが、甘ったるい、章史さんには似合わないものだってことだけは共通してる。

それがなにを意味するのか知らないほど子供じゃないし、……それに。

眠れなくて夜、シアタールームで映画でも観ようかと寝室を抜け出したら、空いているはずの部屋から話し声が聞こえる。

「……なあ、いいだろ」

はしたないこととは思いながら、耳をそばだてる。

僅かに開いたドアの隙間、中にいるのは章史さんと……メイドの真弓《まゆみ》？

「……でも」

「誘ってきたのはそっちの方だろ？　いまさら？」

「……いいけど。でも、ここで？」

「いけねーことしてて、燃えないか？」

ちゅっ、章史さんの唇が真弓と重なる。

そのまま続いてリップ音と艶《なま》めかしい吐息《といき》が漏れ聞こえてくる。

ここから離れなきゃ、そう思うのに目は吸い寄せられるようにふたりを見つめ続けてしまう。

そのうち、真弓があげた一際甲高い声に我に返った。

慌ててその場を離れ、部屋に戻る。

ドアを閉めると、その場にずるずると座り込んだ。

知らなかったわけじゃない。

でも、実際に目にしてしまうと、目の前が真っ白になるほどショックは大きかった。

章史さんにとって私はなんなんだろう？

ただの雇い主の娘？

章史さんは桐蔭家に代々仕える八尾《やお》家の息子《むすこ》で、小さいときから一緒だった。

めんどくさがりながらも私の世話をしてくれる章史さん。

恋心を抱くようになったのはいつからだろう。

周りには親しく話す男がいなかったから、ただの刷《す》り込《こ》みと勘違い、そう云われれば確かにそうなのかもしれない。

けれどパーティに参加し、何度も男たちと話したって、章史さんに感じるような気持ちにはなれなかった。

選べるものなら章史さんを選びたい。

しかしきっと、お父様は認めてくれない。

それに章史さんは嫌がるだろう。

命令することもできるかもしれないが、そんなことしたって虚《むな》しいだけ。

私ができることは、章史さんを心の中で想い続けることのみだ。

誕生日まで残りひと月を切った。

進んでいく準備にどんどん憂鬱《ゆううつ》になっていったし、なかなか相手を決めない私に、お父様は苛々《いらいら》している。

「お嬢。

そろそろ相手を決めねーと、打ち合わせとかあるんだからさ」

「……」

候補者の写真を積んで、選ぶように勧めてくる章史さんになにも云えなくて、俯《うつむ》いて唇を噛《か》んでしまう。

「お嬢。

傷が付く」

章史さんの手が私の顔にふれ、上を向かせる。

そっと、唇をなぞる指。

じっと私を見つめる、眼鏡の奥の瞳に、私も見つめ返した。

離れた手。

でも、彼から視線は逸《そ》らせない。

「確かに、まだ遊びたい年頃なのに生涯の伴侶を選べとか云われても困るよな」

ゆっくりと章史さんの手が、私の髪の上を滑る。

「誰を選んでも俺は、お嬢を絶対に不幸にしない」

毛先まで滑った手が、私の髪を一房《ひとふさ》掴む。

真っ直ぐに私を見つめる瞳。

目を逸らさないまま、章史さんは掴んだ髪に、唇を落とした。

さらさらと手から逃れた髪が落ちていく。

絡まった視線、冷たい銀縁眼鏡の奥、そこに見える瞳はなぜか……熱い。

「なにがあっても一生お嬢に仕える。

それだけは約束……いや、誓《ちか》う」

ふっと唇を緩めたかと思ったら章史さんが離れた。

とたんに顔が火がついたように熱くなって、恥ずかしくて俯いてしまった。

かちゃと食器の触れる音がして顔をあげる。

目の前に差し出されたティーカップを、受け取った。

淹《い》れてくれた紅茶は、二杯目で濃くなっていたからか、それとも私を落ち着けるためにか、ミルクティになっていた。

ゆっくりと飲むと心臓《しんぞう》の鼓動《こどう》が落ち着いていく。

飲み干してテーブルの上にカップを置くころには、普通に戻っていた。

「それで？

どうする？」

「私には決められないので、章史さんが決めてください」

「いーのかよ」

章史さんの右の口角だけがあがる。

積んであった写真から数枚引き抜き、私の前に扇状《おうぎじょう》に広げた。

「これは、俺のお勧め。

あとは自分で選べ」

選べ、と云われても選べない。

仕方ないので目をつぶり、適当に章史さんの手から引き抜いた。

どういう偶然なのか、選んだのは最初のパーティで一番に声をかけてきた、絹川さんだった。

「ん、了解。

旦那《だんな》に伝えとく」

章史さんが出て行って、ばふんとベッドに寝ころんだ。

……絹川さんが私の生涯の伴侶になる。

自分で選んだこととはいえ、あまり実感はない。

それに、さっきの章史さん。

私に仕えているのは、仕方ないからだと思ってた。

私についたとき、就活失敗したから仕方ねーな、って笑っていたから。


――そしてとうとう、運命の誕生日がやってきた。


広間のドアの前で、一度深呼吸。

今日は白の、ウエディングドレスを模したドレス。

これを着てあなたに嫁《とつ》ぎますって意味があるらしい。

「手順は覚えてるな、お嬢」

「……はい」

数人から差し出されるバラから、絹川さんのものを選んで受け取る。

最初から決まっているんだから茶番でしかないのだが、そういう形式なのだから仕方ない。

「じゃあ、行ってこい」

ぽんぽん、章史さんの手が私のあたまにふれた。

ひとつ深呼吸すると身体《からだ》の震えが止まる。

黙って頷いた章史さんがドアを開き、中に踏み出した。

「本日は私の二十歳の誕生日にお集まりいただき、ありがとうございます。こんなに大勢の方から祝福されて、私は幸せ者です」

挨拶、歓談。

鳴る、八時の鐘《かね》。

――茶番の始まり。

「都子《みやこ》さん、私と結婚してください」

予定通り開けられた空間で、予定通り三人の男にバラの花を差し出される。

真ん中、絹川さんのバラを受け取ればいいだけ。

わかっているのに受け取れない。

本当にこれでいいのだろうか。

ここまできて、迷いが生じた。

彷徨《さまよ》わせた視線、その先にいたのは章史さん。

目があって、静かに頷かれた。

わかっている、でも身体が動かない。

章史さんは持っていたお盆を近くにいたメイドに押しつけ、こちらに向かってつかつかと勢いよく歩いてくる。

途中の花瓶でバラを引き抜き、跪《ひざまず》いてそれを私に差し出した。

「都子。
俺と結婚してくれ」

場内がざわついているのはわかるが、いっさいの音は私の耳に入ってこない。

私を射る章史さんの視線。

バラを受け取ろうと伸ばしかけた手を止める。

私が受け取るべきなのは、絹川さん？

章史さん？

どっち、なの？

ちっと、小さく舌打ちの音がしたかと思ったら、章史さんの左手が私の手を掴んだ。

そのまま、自分のバラを私に握らせる。

なにが起こっているのかわからない。

こちらに向かって何事か喚《わめ》き散らしている絹川さん。

章史さんはかまわずに立ち上がり、私の腕を掴んで強引に……唇を重ねた。

驚き、思いっきり目を開いた先に見えるのは、眼鏡の奥の閉じられた目。

わけがわからなくてこんな状況なのになにか問おうとして開けてしまった唇から、
滑ったそれが差し込まれる。

くちゅり、くちゅりと立て始めた水音にあたまの芯《しん》が痺《しび》れていく。
身体に力が入らなくなっていき、大勢の人前だというのに自然と瞼が落ちた。
ちゅっ、リップ音を立てて章史さんが離れ、その腕の中に崩れ落ちた。
「……ファーストキスがこれじゃ、刺激が強すぎたか？」
にやり、視界の隅に見える、章史さんの右の口角があがる。
あたまは完全に麻痺《まひ》していて、なにも云えない。
「申し訳ございません。
お嬢……さまは体調が優れないようなので、これで失礼させていただきます」
私を抱き上げ、固まっている場内を無視して章史さんは広間を出た。
ドアが閉まり、大きなざわめきが起きた。
とたんに、自分の置かれている状況を理解した。
早く戻って謝罪して、絹川さんからバラを受け取らなきゃ。
けれどいくら暴れても、章史さんは下ろしてくれない。
部屋に戻ると、ベッドの上に放り投げられた。
さらには上から、押さえ込んでくる。
「お嬢……いや。

都子が悪いんだからな」

なんで、私？

レンズ越しに見える、章史さんの瞳が怖いと思った。

なのに視線は逸らせない。

「こっちは必死で辛抱《しんぼう》してるっていうのに、あんな縋《すが》るような目で見てきやがって。

我慢の限界」

右手がネクタイにかかって、いつも通り緩められる。

髪に差し込まれた手は、せっかくセットされていた髪を乱した。

「だいたいさ、せっかく自分好みに育てた女を横からかっさらわれるの、俺がどんな思いで見てたと思ってんの？」

プチ、プチと二番目までボタンが外される。

いつも通りになった章史さんの顔が迫ってきて、思わず目を閉じた。

「ひっ」

突然、耳にふっと吐息を吐きかけられて、短く悲鳴をあげた。

目を開けると、愉しそうに章史さんがにやにや笑ってる。

「で、でも。

章史さんは、その、真弓、とか」

声が、みっともなく震える。

涙もじわじわと滲《にじ》んできている。

「あ？

あんなの、ただの性欲処理に決まってんだろーが。

それと、都子にヤキモチ妬かせたかったからな」

「……んっ！」

再び迫ってきた顔にまた目を閉じたら、ぺろりと耳の形を確かめるように舐《な》め上げられて声が漏れる。

「なあ都子。

都子が見てたの、知ってんぞ。

どうだった？

俺がヤってんとこ見て。

俺は都子が見てるって思ったら、すっげー興奮したんだけど」

「……やぁっ」

耳を弄《もてあそ》ぶ指に、ぞくぞくと知らない感覚があがってくる。

やめてほしくて懇願《こんがん》するように涙目で見上げたら……章史さんが一瞬、ぶるりと身体を震わせた。

「みやこー、煽《あお》んないでくれる？

優しくできなくなるだろ」

「わかんない。

章史さんがなに云ってるのか、わかんない」

だって、好みの女に育てたとか。

私にヤキモチ妬かせたかったとか。

そんなの。

「都子を愛してるって云ってんの。

せっかくの、都子の二十歳の誕生日、素直に祝ってやれねーのがどんだけ苦しかったかわかる？」

「……あっ。

やだぁ」

耳に、首筋にふれる唇に抵抗したくても身体に力が入らない。

なのに章史さんはやめてくれない。

「でも、もう関係ない。

都子。

俺の可愛《かわい》い可愛い都子。

俺のために生まれてきてくれてありがとう。

一生残る、誕生日にしような」

ようやく理解し、涙が零《こぼ》れ落ちる。

伝い落ちる滴をそっと章史さんが指で拭うと唇が重なった。

そして――。

章史さんに激情をぶつけられるたびに、ベッドが軋《きし》む。

「愛してる、都子。

都子しか、愛せない」

荒い息で見上げた先、必死に抱きついて私も思いを伝える。

「章史さんを愛してる。

章史さんしかいらない」

そのまままいままで抑え込んでいたものを叩《たた》き付けるかのように何度も求められ続け、私は気を失った。

ゆっくりと髪を撫でる手に目を開けると、見たことない優しい顔の章史さんと目があった。

「おはよう、都子」

「お、おは、おはよう、……ゴザイマス」

昨夜のことが思い出されて、顔に熱があがっていく。

言葉は結局、尻すぼみになって消えていった。

そんな私にくすりと章史さんが愉しそうに笑ってつむじに唇を落とした。

「身体、つらくないか？

その、都子は初めてだっていうのに、無理させちまったから」

「あ、えと、……ダイジョウブデス」

ううっ、恥《は》ずかしすぎてまともに顔を見られない。

章史さんはなぜか、嬉《うれ》しそうだ。

いつも身支度はメイドにしてもらうのに、今日は章史さんがしてくれた。

それも、……普段は自分でするようなことまで。

恥ずかしいからやめてほしい。

「あ？

もう寝たんだから恥ずかしいことなんてないだろ」

とたんにまた、昨晩のことを思い出して、ボン！　という音と共に身体中が熱くなった。

「それとこれとは話が違うというか……」

「ん？　都子は可愛いなー」

いや、いいからはむはむって耳を食べないで！

遅い朝食をとったら、お父様から呼ばれた。

きっと、昨日のことを叱られるんだ。

絹川さんに謝罪して改めて、って。

そんなの、認めない。

私は章史さんを選んだんだから。

お父様の部屋の前で、章史さんがいつものようにあたまをぽんぽんしてくれた。

それだけで落ち着ける。

ひとつ深呼吸して、ドアを開けてもらった。

「お父様、お話って……」

「いやー、めでたい！」

「は？」

私の声を遮《さえぎ》る、上機嫌なお父様の声に困惑した。

「いつ云うのか賭けてたのに、おまえたちなかなか云わないんだもん。

お父さん、冷や冷やしたよ」

「え？」

なにを云われているのかわからなくて、章史さんと顔を見合わせてしまう。

「都子は章史を選んだから、賭《かけ》は俺の勝ちだな、八尾」

「章史の方から強引に選ばせましたので、一概《いちがい》にそうとは云えないかと」

「えー」

いやいやいや、ちょっと待って。

お父様と章史さんの父親の八尾さんはいったいなんの話をしてるの？

「知らないと思ってたのか？

おまえたちが互いに想い合ってること。

まー、お父さんは章史に跡を継がせるの、別にかまわないし」

「不肖の息子にそんなことを云っていただいて、光栄でございます」

え？

もしかして、知らなかったのって私たちだけ？

目があった章史さんは苦笑いしてた。
なんか、いろいろ悩んで損した気分。
「それで、だ。
おまえたちのことは認めるが、条件がひとつある」
お父様は引き出しから紙の束を出し、どさっと机の上に置いた。
それは……大学のパンフレット？
「俺の跡を継ぐんだから、経営学や帝王学など、それなりに学んでもらわんと困る。
そこで、だ。
章史は大学に入りなおし、勉強してこい。
なお、卒業するまでは都子に指一本、ふれることは許さん」
そっと章史さんに視線を向けると、強く拳《こぶし》を握ってわなわなと震えていた。
「……やる」
「は？
聞こえないなー」
「こんのぉ、くそ旦那！
留学して絶対、一年以内にこんな勉強、終わらせてやるからなー!!」

君は一番にはならない

深山琴子

「……また？」

笑いを噛《か》み殺しながら発せられた言葉に、私は何も返すことができなかった。

私たちは、会社から五分程歩いたところにあるイタリアンカフェの前に立っていた。

隠れ家的なその店は、数ヶ月前に私が見つけた店だった。おいしいジェノベーゼが病《や》みつきになり通い詰めるようになったのだ。店内はウッド調でまとめられており、手作りの蠟燭《ろうそく》が各席に添《そ》えられている、いい雰囲気《ふんいき》の店だった。

……そのはずだった。しかし店内を覗《のぞ》くと、ランチタイムの書き入れ時だというのに人の気配が全く無い。ステンドグラスが嵌《は》められたお洒落《しゃれ》なドアには、一枚のチラシが貼《は》ってあった。

『閉店のお知らせ』

私はそれを見て、愕然《がくぜん》とした。

「……ごめん。来る前に調べておけばよかった」

「いいよ、いいよ。そこのラーメン屋入ろうぜ」

横で笑いを押し殺している三好《みよし》くんは、いつもの即決力で筋向かいの店を指差す。

――晴れ男、雨女とか言うけれど、私は信じたことがない。

一人の人間が天気を操作《そうさ》するなんて、そんな大それたことをできるはずがない。自意識過剰《かじょう》過ぎる。迷信だと思うのだ。

だけれど、私のお気に入りの店はすぐに潰《つぶ》れる。

それを迷信とは思えなかった。

「いいじゃん。ラーメンならすぐ食べられるから、二時に会社に戻れるよ」

……別に、うちの会社ってルーズだから、ちょっと昼休みが遅れたって誰も気にしないじゃない。

そう思ったが黙《だま》っていた。気持ちが沈《しず》んでしまい、口を開くことができなかった。

注文したラーメンがあっという間にやってくる。色気も何も無い、だけれど濃厚《のうこう》な豚骨《とんこつ》スープの匂いが鼻腔《びこう》をくすぐった。これは当たりだ。

「……おいしい」

「ほら、掘り出し物に会えてラッキーだろ。都心は店の入れ替わりが激しいからしょうがないって」

これが営業で鍛《きた》えた話術だろうか。三好くんのフォローは完璧《かんぺき》だ。

……だけど、違う。

違うの。

どうしていつもこうなってしまうんだろう。

　こんなとき、いつも言いようのない不安がよぎる。

　私たちは汗だくになりながらラーメンを食べ終えた。人気店なのか、行列ができ始めたので急《せ》かされるように店を出る。私は小さくため息をついた。

「他にいいイタリアンあるなら、リベンジする？　来週辺り」

　もう気にしていない素振《そぶ》りをしていたつもりだったが、三好くんは気を使うようにそう言った。

　私は少し考える振りをして、いつものように答える。

「あ……来週は、ちょっと忙しいんだ。また、今度」

　そう、と返事をすると三好くんは話題を変え、話は部長と課長の愚痴《ぐち》になった。

　会社まで、歩いて五分。あとたったの五分だけ。

　行く、と言えばよかったのに。

　……私は三好くんが怖かった。

*

　東京のビジネスが集中するこの街。ここらの飲食店は、平均何年もつのだろうか。

会社のビルのちょうど向かい。ここの店舗《てんぽ》は社内でも有名だ。入社した頃は和風ダイニングバー。少ししたら水炊《みずた》き専門店になり、今は串《くし》カツ居酒屋。どれも一年と経たずに閉店した。それには理由があるような気がした。

会社から近かったこともあり、そのどれもが私の行きつけだったのだ。

私は何度目かのため息をつきながら、一人でランチ用の店を新規開拓《かいたく》していた。罪悪感が芽生《めば》えるので会社の向かいにはもう行けない。だけれど、どこに行ってもお気に入りになった途端《とたん》にその店は閉店してしまう。

少し足を伸ばし、会社から徒歩十分圏内《けんない》で探した。あまり入ったことのない小さな路地を曲がる。

そこにその店はあった。

そこは個人経営らしい、小さな喫茶店《きっさてん》だった。

外観は古き良き煉瓦《れんが》造り。スタンド看板には昭和を感じさせる、懐かしいフォントで店名が書かれていた。小さな出窓から覗くと、古びた木製のカウンターと並ぶティーカップが見える。

そっとドアを開ける。コロコロと鈴が鳴り、店内から涼やかなクラシックの音楽が流れてきた。

店の中は暖かみのある電球色で統一されており、カウンターの他にも、ひとつひとつデザインが異なる机と椅子《いす》が設けられている。

私はここを好きになる。

そう思った。

「いらっしゃい」

口髭《くちひげ》を生やした、白髪《しらが》混じりのおじいさんがカウンターの奥から出迎えた。古風な丸眼鏡《めがね》に、黒いベスト。きっちりと畏《かしこ》まった服装だが、シャツの袖をラフに捲《まく》るところに愛嬌《あいきょう》を感じた。

「マスター、コーヒーください」

三つのテーブル席の一つに男女が座っており、気さくに声を掛けた。マスターと呼ばれたおじいさんは慣れた様子で返事をする。

「はいよ。……どうぞお好きなところにお掛けくださいな」

あとの言葉は私に向けられていた。

店内は空いている。こういうときはテーブル席に着きたくなる私だが、なんとなくカウンターへ足が向いた。

厳選しているのか、種類の少ないメニュー一覧を眺め、オムライスを注文する。やがて現れたふわふわのオムライスは、デミグラスソースと卵がよく絡まり、とろけるようなおいしさだった。

　牛頬肉が口の中でほろほろと崩れていく。

「……おいしい」

　つい、独り言を言ってしまった。

　はっとして恥ずかしくなり、顔を下に向ける。すると、マスターは私の宙に浮いた言葉をするりと受け止めてくれた。

「でしょう。看板メニューなんですよ」

　そっと顔を上げる。マスターの優しげな表情に、こちらもつい笑顔が移ってしまった。

「……このお店、長いんですか？」

　私は普段店の人とは話さないが、何故《なぜ》か自然と言葉が出た。

　マスターは少し唸《うな》ると、首を傾《かし》げる。

「私の親父《おやじ》の代から受け継いでいてね。何年だったかなあ」

「三十五年だよ、マスター」

　先程の客が横から合の手を入れる。マスターはそうだ、そうだと笑った。

……三十五年か。

私が、もしこの店を好きになってしまったら……。

オムライスを食べ終えぼんやりと考えていると、マスターが小さなチーズケーキをこちらに寄せた。私は驚き、その顔を見返す。

「初来店サービス。お名前は？」

「わあ……いいんですか。ありがとうございます。神沢《かんざわ》、茜《あかね》です」

チーズケーキは濃厚だった。ほんの一欠片《かけら》だが、甘いベリーソースがいつまでも口の中に残る。

帰り際、会計を済ませるとマスターは先に立ちドアを開けてくれた。

なんだかシンデレラになったような気分だった。

「またいらっしゃい。茜ちゃん」

結局、私は週に一回程この店に通うようになった。

この喫茶店の虜《とりこ》になってしまった。香《こう》ばしいコーヒーの匂い。静かで落ち着く音楽。店とマスターの醸《かも》し出す雰囲気。全てが心地よい空間を作り出し、日々忙しい仕事の疲れを癒《いや》してくれた。

でも、私がこの店を好きになってしまったら、また潰れてしまうんじゃないか。そん過剰な不安は常に付きまとっていた。

それでも、マスターが別れ際にいつも言う、あの魔法の言葉。

『またいらっしゃい』

そう言われるたび、まるで来店の許可が下りたと言わんばかりに、私の足は店へと向かってしまった。

*

「マスター、聞いてよ。私の彼氏ったらさあ……」

その日もまた、常連客である若い女の子の話をマスターはにこにこと聞いていた。

マスターは聞き上手《じょうず》で、よくいろいろな常連客の相談相手になっていた。

その穏やかで、包み込むような雰囲気が皆を饒舌《じょうぜつ》にさせるのだろう。マスターとの会話が目的で来店してる人も多いように見えた。

通い始めて数ヶ月が経《た》ったある日、私は我慢《がまん》できず、ずっと聞きたかったことを聞いてみることにした。

「……マスター、聞いてもいいですか。……気を悪くさせてしまったら申し訳ないのですが」

マスターは静かに頷《うなず》いた。私はごくりと唾を飲む。

「このお店、経営状態は大丈夫ですか？」

そう言うと、マスターは一瞬きょとんとした顔になり、その後声を上げて笑い出した。

笑われて、顔が赤らむ。しかし私は至《いた》って真剣だった。

マスターはひとしきり笑い終えると、こちらを見返す。

「お店の心配をしてくれてありがとう。そんなに危機的状況に見えたかい？」

「ごめんなさい。そうじゃないんです。……ただ、この辺はよくお店が入れ替わるから」

「うちはおかげ様で、ずっと安定しているよ。茜ちゃんがこうして来てくれるおかげだね」

それを聞いて、私は胸を撫《な》で下ろした。

その言葉が本当なら、この店は当分潰れることはない。

私はまだ通っても大丈夫だ。また時間が経ち不安になったら、それとなくマスターに聞いてみればいい。

そう思いほっとして、食後のコーヒーを口にした。そして、どきりとする。

マスターが、私を寂しそうな目で見ているのに気付いたのだ。

「……茜ちゃんは、いつもこの店で居心地悪そうにしているね」

その言葉に驚いた。それと同時に、つい強めに反発してしまった。

「そんなことないです。すごく居心地がいいです、このお店」

「僕はもっと、リラックスしてほしいと思ってるんだけどな」

マスターはにこりと笑う。

その笑顔に、心が揺れた。

……でも、駄目だ。これ以上失礼なことは言えない。

不快に思わせてはいけない。本音が漏れ出しそうになり、それをぐっと飲み込んだ。

だが、マスターは私の目を見つめ続ける。

……促されている。

そう、思った。

私は重々しくも、つい口を開いてしまった。

「……実は、私、自分の好きになったお店を潰してしまうんです」

マスターは不思議そうな顔をする。そういう反応になるだろうと思ったが、私は続けた。

「……そういう、ただのジンクスなんですけど……実際、そうなってしまうんです。そういうお店がこれまでにたくさんありました。私のせいで、このお店が無くなってしまうのが怖いんです。……だから私、ここに来てもいいのかなって思ってしまうんです」

自ら疫病神《やくびょうがみ》であることを告白してしまい、何と言われるのか恐ろしくなった。

しかし、マスターは私の不安に穏やかな笑顔を返す。

「それなら心配いらないよ。うちは大丈夫。それに、もしもいつか閉店したとしても、それは茜ちゃんのせいじゃない」

「そうかもしれません。でも……」

……本当に、そうだろうか。

不安で、頭の中が混乱していく。自分でそう気付いていたが、言葉が止まらなかった。

「マスター。私、二十四歳なんですけど……ろくに恋愛をしたことがないんです。……怖くて」

突拍子《とっぴょうし》も無いことを言いながら、私は俯《うつむ》いた。

カップのコーヒーに映る、自分の悲しげな表情だけを見ていた。

「……私、小さい頃パパっ子で。父のことが大好きでした。でも私が小学生の頃、父は不倫をして家を出て行きました。そして母も、中学生の頃脳梗塞《のうこうそく》で亡くなりました。私、両親が大好きでした。だけど、……だから。それ以来、何かを好きになるのが怖くなってしまって。お店も……人も」

……私が好きになったものは、必ず失われる。

そんなジンクスが、私の中にいつの日か、確定事項のように存在するようになってしまった。

そんなの、迷信だ。偶然《ぐうぜん》だ。分かっている。なのに、過剰に反応してしまう。

母が亡くなった後、私を引き取ってくれた祖父母。高校生の頃、恋したブラスバンド部の先輩。会社に入ってすぐ、好意を抱いてくれた同期の子にも。

真っ直ぐに向き合えなかった。わざと他人行儀な対応をした。薄くて硬い、ラインを引いた。

行きつけの店が閉店するたびに、私は自分に自分で呪いをかけるようになった。

失われる。どの店も、どの人も、好きになってはいけないと。

「好きな人がいても、私のせいで失われてしまう気がして怖いんです。この喫茶店が好きだけれど、私のせいでなくなってしまう気がして怖いんです。……どうしたらいいんでしょう」

口にすると思いのほかつらくなり、泣きそうになった。

何を話しているんだろう。こんな重いこと、流石《さすが》にマスターにだって相談するべきじゃなかった。

マスターもなんと言ったらいいのか分からないのだろう。静寂が落ち、その隙間をクラシックの音楽だけが埋めていた。

困らせてしまった。結局、居心地を悪くしているのは私自身だ。

私は財布を手にし、立ち上がろうとした。

その瞬間、それを遮《さえぎ》るようにマスターの声がした。

「これは、独り言なんだけれど。だから、聞かなかったことにしてね。僕は口が堅《かた》いのがウリだから」

そう、不思議な前置きをする。私は浮かせかけた腰を、ゆっくりと椅子に戻した。

顔を上げると、いつものマスターの優しい眼差《まなざ》しが私の瞳に映った。

「……僕の店は常連さんが多いんだけどね。最近よく来るようになった人がいるんだ。ちょうど、そこによく座るんだよ」

マスターは私の今座っている席を指差す。

私はこれから始まる話の先が見えず、黙ってマスターの目を見つめ返していた。

「その人は若い男の子でね。ここ一ヶ月くらい、毎週来てるかな。すごく人懐っこい子で、ここの常連さんともすぐ打ち解けた。それで最近、よく恋愛相談をしているんだ。なんでも、彼の好きな女性が『自分が好きになった店が必ず閉店する』って言って悩んでるんだって」

……それって。

私は口を挟みそうになったが、黙っていた。

「そんなことないのにね。人は不安になると、悪い方にばかり注目してしまう。本当は、閉店していない店もあるはずだ。うちみたいに。なのについ、過去の出来事を根《こん》拠《きょ》にして、また同じことが起きると考えてしまうんだね」

私は静かに、マスターの言葉に耳を傾《かたむ》けていた。

「でも、過去と未来が同じようになるとは限らない。むしろ、過去と未来は別物だ。努力や運が混ぜ合わさって、どんな結果にもなり得る。だから、そんなに心配しなくていいんだよ。……男の子はそう励《はげま》したかった。けど、その女の子はね、ランチに誘っても十回に一回くらいしか来てくれないみたい。なかなか落ち着いて話もできないって、嘆《なげ》いてた」

「それは……」

……彼を、私の中でお気に入りにしてはいけなかったから。

何度も会えば、気持ちが引っ張られてしまう。私が彼を気に入った結果、いつものように失ってしまうくらいなら、仲のいい同僚のままでいた方がよかった。

だから彼は私の、たくさんいる同僚の中の一人にしなければならなかった。

彼が本当は、私の一番好きな人であることに、私は気付かないようにしなければならなかった。

「私……」

言葉を口にしたくても、出てこない。

マスターは続ける。

「……僕は奥さんにね、よく雨男って言われるんだ。先日鎌倉《かまくら》に行ったときも雨でね。貴方《あなた》のせいねなんて意地悪く言われる。でもごらん」

マスターは指を差す。出窓から差し込む光は明るく、喫茶店の片隅を照らしている。

「ほら、晴れてる。雨の日にばかり注意を向けているとそう思い込むけど、本当は、雨の日も晴れの日もあるんだよ」

閉店した店ばかりを気にしていたから。

失った過去ばかりを思い返していたから。

私はぼんやりと、その暖かな日差しを見つめていた。

……いいだろうか。

この店を好きだと言っても。

あの人を、好きだと言ってもいいのだろうか。

「……マスター。私、またこのお店に来てもいいですか？」

そう言うと、マスターは大きく頷いた。

「もちろん。……人も、お店も、確かにいつかは別れが来るかもしれない。でも、なんでもかんでも自分のせいだなんて思っちゃいけない。僕は茜ちゃんが好きなこの喫茶店を、長く守ってみせるよ」

＊

「三好くん！」

別フロアの総務部に寄った帰り、三好くんの後ろ姿を見つけた。

思わず声を掛けると、三好くんは手を振りこちらへ駆け寄ってきた。腕時計を見る。タイミングよく、十三時だ。昼休みが始まる。

「いきなりでごめんなさい。今日、お昼空いてる？　行きたいお店があるの」

私から誘ったことはなかった。勢いに任せて言ってしまったが、声が震えていたかもしれない。

三好くんの顔がぱっと明るくなる。

「もちろん。財布《さいふ》取ってくる、待ってて」

「あ、あと、話したいことも」

つい、先走る。はっとしたが遅く、三好くんは走り出そうとしたところを振り向いた。

「……話したいことも、あって。後で、いいんだけど」

目が泳いでしまう。

三好くんは、あは、と無邪気な顔で笑った。

「……俺も、あるんだ。話したいこと」

私はエレベーターを降り、一足早く一階のロビーで待った。

今日も日差しは暖かい。

……マスター、私に勇気をくれますか。

私はどきどきと鳴る胸の鼓動を、必死に抑えていた。

つい、想い続けてきたもので。

早川素子

プロローグ

水面に揺蕩《たゆた》う海月《くらげ》のように、ゆらゆら流れて。
一人でいた方が楽なのだと。
群れることなく生きることも厭《いと》わない。
一本芯《しん》の通った彼女にはきっと分からない。
浮かぶように流れに身を任せて。
楽な生き方しか選べなかったこの思いなど。

彼女と離れたのは、
その海のように広い心が眩《まぶ》し過ぎたから。
彼方《かなた》まで見据《みす》えたようなその瞳に、
劣等感に溺《おぼ》れてしまいそうだったから。

だけど――……

小春日和

たった二ヶ月の付き合いであっけなく破局を迎え、きっかけも摑《つか》めず彼女は連絡もできず終《じま》い。かと思いきや、ＳＮＳで呟《つぶや》く彼を見つけて事あるごとに絡み続けて早八年。

「というわけで、なんか結婚することになりましたー！」

「なりましたー、じゃない！」

激しいツッコミを入れたのは、親友の秋穂《あきほ》。能天気に結婚報告をする小春《こはる》さんはご機嫌だった。

「えー、なんで？」

「いや、よりを戻しましたなら百歩譲《ゆず》って分かるけど、結婚しますってあんた…、それ騙《だま》されてるでしょ。結婚詐欺《さぎ》。あんた劇的に男運ないし」

「なんというか、ストーカーっぽいよね」

「え」

秋穂の失礼な物言いにそれまで黙っていた紀子《のりこ》も続いて、小春は思わず声を漏らした。

「事あるごとに、ってそりゃ八年もやってりゃ狂気《きょうき》すら感じるけど……よく久志《ひさし》くん我慢《がまん》したというか。それで結婚って」

紀子が言うと、三人の視線が一点に寄せられた。

「……そういう話って普通、俺のいないところでするもんじゃないの？」

居心地悪そうに珈琲《コーヒー》を啜《すす》る彼、羽柴《はしば》久志は、小春さんとは対照的に不機嫌そうだ。

「本人不在じゃ、話もまとまんないでしょうが」

「いやむしろ、まとまった後なんだけど」

噛《か》みつく秋穂に、面倒くさそうな久志。小春はご機嫌そうにその様子を眺めていた。

何度も何度も、めげずに懲《こ》りずに。小春の押し出し一本と言わんばかりに口説き落とすのに、気付けば八年。

「でも、八年かぁ。小春散々、海外事業部の宮本《みやもと》さんに口説かれてたのに。期待のエース」

「係長にも気に入られてたよね、そういえば。何度か打ち合わせも兼ねてとか言ってご飯連れてかれてたっしょ」

職場が一緒の二人は、目ざとくその様子を見ていたようだ。

「どっちにもちゃんと話したよ。八年間、元彼に片想いしてますって」

「それ、可哀相《かわいそう》な女にしか見えないから」

「〝傷心の私を慰《なぐさ》めて〟って取れなくもないね」

秋穂がため息を吐《つ》いて、あざといとでも言いたげに無表情で紀子が被《かぶ》せる。

そんな中に、男一人。久志は気まずいご様子だった。

「もーう。これで久志がやっぱやめるって言いだしたらどうすんのよ」

眉根を寄せて小春がそう言う。やっとの思いで、ここまできたのだ。

「そんなん、殺すでしょ。とーぜん」

物騒な言葉も歯に衣《きぬ》着せぬ物言いも、秋穂ならではなのだけれど。初めましての久志には少々アクが強すぎたかもしれないと、おそるおそる小春が久志を見た。

「言わねぇよ。そんな勿体《もったい》ないこと」

ぶっきらぼうに零《こぼ》すその細い目に、彼女たちは意図を読み取ることができなかった。

「勿体ない？」

きょとんと小首を傾《かし》げたのは紀子。小春も戸惑《とまど》いながら続きを待った。

「いや……なんでもない。とりあえず、男に二言はないんで」

それだけ言うと、久志はもう話すことはないと言わんばかりに口を閉ざしてしまった。秋穂が駄々をこねるようにしつこく絡んだが、小春がやんわりと止めることでなんとか収まったのだった。

秋穂と紀子は、ずっと小春を心配していた。

たった二ヶ月しか付き合っていなかった男を、その期間が一割にも満たないほどに時が流れてもなお思い続けて。今や晩婚化と言われて久しく、独身貴族が名乗りを上げることも珍しくはなくなったとはいえ。

「うちの部署に移ってきたときには秋穂はもう結婚してたし、紀子も彼いるみたいだもんね。あんまり話してくれないけど」

　小春はイタいくらいの片想いを全面的に話してきたけれど、紀子は相手のことを少しも話そうとはしなかった。

「まだ、これからどうなるか分からないから」

　それしか言わない。

「そんなこと言って、あたしらが聞いてるだけでももう三〜四年は経《た》ってるじゃん。もはや、不倫《ふりん》の香りすら漂うよね」

「はは、それはないから」

　紀子は薄く笑う。

　紀子と久志は似ている、小春はそう思っていた。

　あまり思考を表に出さずに、言葉も少ない。グサッと刺《さ》さるような言葉だけを不意に言ってみたり。

　二人は似ている。だからこそ、それを感じて小春は紀子と関わるようになったのかもしれない。

「ま、そんなわけだから、式とか諸々《もろもろ》決まったら連絡するね」

「久志くん、小春泣かしたら殴《なぐ》りこみに行くからね」

軽やかな笑顔で、どこまでが本気なのか分からないことを言う。秋穂なら本当にやりかねないと思うから怖い。久志はどうやら少しは慣れたようで、笑いながら手を上げていた。

女三人行きつけの、いかにも女が好きそうなオーガニック推しのカフェ。木製の扉と看板を背にして、小春と久志、秋穂と紀子に分かれて解散した。

〝ちょっと、海に寄っていかない？〟

そう言い出したのは、小春だった。

濃紺が青を包み始める海岸沿いに車を付けて、堤防沿いを二人並んで歩く。

「ほんと好きだよな、海」

「そりゃ」

クスッと小春が笑うと、久志は眉を寄せた。

「付き合ってた頃、たしかによく来てたけど。嫌じゃねぇの？」

「なんで？」

「いや……別れたのもここじゃん」

振った張本人が言うのはどうなんだろう、と彼は一瞬ためらった。けれど、彼女はさらっと返す。

「だからだよ。終わりから始めないと」

伏し目がちに微笑《ほほえ》んで。

「ねぇ、さっきの話」

「ん？」

小春はふと気になっていたことを口にする。

「勿体ないってどういうこと？」

「それ、お前が聞くの？」

言わなくても分かれよ、と思う久志の心は小春には届かない。言おうか言わまいか迷っていることすら、けして彼は悟らせない。

「もう離れたりしないから、大丈夫だって」

言って彼女の頭にポンッと手をやった。嬉《うれ》しそうに微笑んだあと、小春が零す。

「あたしが離れることはあるかもね」

「え」

彼女が笑うと、久志は眉を寄せた。

そうして二人は、帰路に就く。本当は半同棲状態のここ数日。彼が今日どちらの家に帰るのかはもう決まっていた。

ひた走る車の中は、彼の好きなヒップホップだけが軽快な音を奏でていた。

久方の文

夕食の支度をするため、家に着いてすぐに小春はキッチンへ向かった。

「シャワー、先に使ってもいいからねー」

手を洗う水音と混じって、そんな声が久志に投げ掛けられる。

「まだいい」

それだけ言うと、彼は手元に視線を落とした。

テレビなんかなくても、彼は一向に困らない。いつも携帯でゲームをしたり動画を見たり。けれど、今日はどうやら違うようで。

〝やりたいことだけやってられる仕事ねぇのかな〟

何年も前に挙げられたSNSの自分の呟き。たいして投稿数も文字も多くない、ただ吐き出しただけの言葉たちがそこに並ぶ。

〝やりたいことをやるために、やりたくないこともやるのが社会人。久志なら大丈夫。

吐き出したいときは吐き出して、明日からも笑ってこ〟

それは、別れてから初めて彼女が彼に送った文字。

これを打つのに、どれだけ勇気がいったことだろう。それでも、どうしてこんな言葉を送ったのだろう。久志はずっと考えていた。

〝今日飲めるやついるー？　明日休みだし暇だから誰か連絡くれー！（笑）〟

元気なふりをして、仕事で息詰まったのを発散したかったとき。

そもそも、個人的に誰かを誘えば良かったのに、誰を誘えばいいのかも分からなくなっていた。孤独が、少しずつ彼の心を支配していた頃。

〝久しぶりー、元気にしてる？　たまには潰れるくらい飲んだ方が気持ちいいよ〜（笑）〟

他の目もあるからか、当たり障りのない文章。でも、溜《た》まっているものが彼女にはきっと分かっていたんだろう。

〝仕事辞めたから、しばらくは暇だな（笑）〟

最後に（笑）とでも付けないと、自分のいい加減さや負の感情が露呈《ろてい》しそうで仕方がなかった。

自分には社会性もなければ、なんの能力もないのだと叩《たた》きのめされたあと。多少の貯金があったから、彼は一時期それで食いつないでいた。

〝投げ出すのもいい。ほかにやりたいことがあるならいい。
でも、逃げてばっかだと何もなくなるからね。
キツイ言葉だと思うけど、あたしも散々辛《つら》い思いもしてきたから。
久志には幸せになってほしいんだ。
もうずっと久志が好きだから、あたしは絶対に離れないから。
まぁ、会うこともないかもしれないけど。
ずっと、応援してる。
いつか笑って過ごせるまでは、もがき倒せばいいよ。〟

この時は、直接送られてきたメッセージ。久志は苛立《いらだ》つこともあった。それが、時間を置いて見ているうちに、いつしかスーッと入ってくるようになった。

その内、あまり気にしていなかったはずの彼女の投稿も見るようになっていたのだった。

彼女が病んでいた時期があったのをそこで知る。やんわり、落ち込んでいる様子が文章から見て取れた。けれど、楽しかった出来事を多く挙げていたようだった。そうすることで、人に迷惑を掛けないようにしていたんだろう。今なら分かる、と彼は思う。

彼女が落ち込んでいたときも、大変だったときも。一切、久志から連絡をすることはなかったのに、同じタイミングでたまたま入れた彼の投稿に彼女は前向きな言葉だけを送り続けた。

〝休めるときは休んだらいいよ〟

〝応援してる〟

〝もし誰もいないと思っても、久志の味方がとりあえずここに一人はいるから〟

〝止《や》まない雨はないらしいし、いつか久志が心から笑えるようになるのを祈ってるね〟

自分のところに戻ってきそうな雰囲気《ふんいき》を一度だって見せない男に。振られて一度として会うこともなかった元彼に。献身的《けんしんてき》なまでに、小春は言葉を送り続けた。

彼が返信をしなくても、彼女はその後に続けてなにかを送ることはなかった。

何ヶ月、長いと半年以上ものあいだ彼がＳＮＳの更新をしなくても、彼女は自分からメッセージを送ることもなかった。

あくまでも、自分は振られた女であると自覚しながら、久志のためだけに言葉を送った彼女。そのＳＮＳの投稿もメッセージも、彼はどうにも消すことはできなかった。押し出し一本なんて、おかしな話だ。彼女はただの一度も、想いに応えて欲しいなんてそぶりを見せなかったのだから。

ただ、彼女の想いに感化されただけ。いや。

普段なら、余分な投稿や不必要なメッセージの履歴《りれき》はすぐに消す彼が、どうしても消せなかったものたち。

久志は、その一つ一つを部屋の片隅で眺めていた。

〝勿体ないってどういうこと？〟

彼女が海で尋ねた言葉がよぎる。彼は一人、フッと笑った。

「…勿体ないよな」

落ちて消えてしまうほどの声でそう漏らして。

エピローグ

きっと、不可分だった。

離れていたのに、いつの間にか。

離れていたからこそ、いつの間にか。

八年間、ただただ想いを寄せたまま。

返事を要求することもなく。

一人で立って歩く覚悟も決めて、
ただひたすらに信じて背中を押してくれた女《ひと》。
胎盤《たいばん》のような水面は心地好すぎて。
溢《あふ》れんばかりのその想いに、溺れただけ。
そんな、眩しくて喉から手が出るほど欲しくなる温《ぬく》もりを、
今更手放すなど、勿体なさ過ぎて。

扉を開けて

かず

時折り頬《ほお》を掠《かす》める風が少し冷たいけれど、日射しは暖かみを増していた。

もうすぐ、あの震災《しんさい》から六年目の春が来る。

駅通りは復興も進み、元通りの町並みとはいかないまでも、活気のある店舗や人の行き来が、随分《ずいぶん》と多くなった。

ぶらぶらとウインドー・ショッピングを楽しんでいた私は、春の訪れを感じさせる空をふと仰ぎたくなって、雑踏《ざっとう》の真ん中で立ち止まった。

その、すれ違いざま。

何かに引き寄せられて、五感全部が、震えた。

見覚えのある、濃いグレーのジャケット。

それを羽織《はお》る、背格好。あの匂い。

封じたはずの記憶が、堰《せき》を切ったように流れ出す。

弾《はじ》かれたように振り返った先には、同じように振り向いて目を見張る、忘れたつもりの、彼が、立っていた。


周りの音がすべて、消えた。

彼のいない早春の季節は、あれからもう三回も巡《めぐ》ったというのに。

傍らのショーウインドーに映り込んだ彼と私の姿が、三年前とちっとも変わらない、なんて。

なぜそんなことを一目で判断できてしまうのだろう。

忘れたつもりでいながら、私はずっと。

――ずっと大切に、心に抱き続けていたのだと。

――その時、気づいた。

全国展開する宅建会社に籍《せき》を置く父の転勤で、中学まで暮らした東京を離れこの地に来て、三年後。

私が高校を卒業する春に、あの惨事《さんじ》は起きた。

父は、これは天命だとこの地への永住を決め、会社を辞めて宅建や不動産斡旋《あっせん》の事務所を母と共に立ち上げた。

震災の影響で就職の内定を取り消された私は、住宅の修理や仮設住宅の建設に奔走《ほんそう》する両親の事務所を、手伝うようになった。

元々父は三年で再び転勤予定だったため、私もあまりここに馴染《なじ》むつもりもなく高校時代を過ごしてきた。

　だから、まるで姿を変えてしまったこの土地には尚更《なおさら》馴染めないまま、ただ慌《あわ》ただしく一年が過ぎた。

　彼は震災の翌年、全国各地の自治体から派遣《はけん》されてきた、役場の応援職員の一人だった。

　本来は山口《やまぐち》県の、とある市役所の職員だと聞いた。

　任期は二年。その間ここに腰を据え、マヒした役場機能の立て直しを手助けできればと、住居を世話した私達に頭を下げ、決意に満ちた目で、言葉少なにそう言った。

『なぜ来ようと思ったの？』

　そう尋ねた私に、

『公務員じゃけぇ、辞令が出ればどこでも行く。

　二十七歳にもなった独り者にゃ白羽《しらは》の矢《や》が立ち易《やす》いんちゃ』

　そう言って、微笑《ほほえ》んだ。

　独身時代に山口への赴任経験があった父は、彼の方言を懐かしがって、よく我が家の夕食に招いた。

　両親は朴訥《ぼくとつ》な彼を気に入っていて、彼も『親父《おやじ》さん』『お袋さん』と呼んで慕《した》ってくれていた。

私の馴《な》れ馴れしいタメ口も、妹に接するように、彼は自然に受け入れてくれた。

彼に紹介した単身者用アパートは、私の自宅や役場のある市街地からは十kmほどの距離があり、好物件とは言えなかった。

彼はそれで充分だと言い、車での送迎を固辞《こじ》して、自転車で通っていた。

両親の構えた事務所がアパートに近かったので、私は仕事帰りに彼の部屋に寄っては、他愛《たわい》ない会話の端々《はしばし》に顔を出す、彼の方言を聞くのが好きだった。

彼はいつも私を子供扱いしたけれど、私が帰る時は『女の独り歩きは危ないけぇ』と、自転車で必ず家まで送ってくれた。

二人で話せる時間が延びるのが嬉《うれ》しくて、道すがらはしゃぐ私に、彼はいつも、

『お前、馬鹿《ばか》じゃろ？』

と言う。

『生まれつきでーす！』

とニコニコしながら返す私を見て、また笑う。

キツい言葉の割に優しい口調で放たれる彼のその口癖が聞きたくて、私はいつも、わざとバカを言っては彼に纏《まと》わりついていた。

最初の冬。

また押しかけた、彼の部屋で。

彼が飲み物を買いに出た隙《すき》に、私は壁に掛かる彼の一張羅《いっちょうら》のジャケットを手に取り、袖《そで》を通した。

半年経《た》っても子供扱いのままで、何の進展もない。

せめて彼の匂いに、全身を包まれてみたかった。

戻って来た彼は、ぶかぶかのジャケットを着て上機嫌な私に目を丸くして、また、

『お前、馬鹿じゃろ？』

と呆《あき》れながら、温かい缶コーヒーのプルタブを開けて、差し出してくれた。

『ワシみたいな大人の男が着てこそ、価値が上がるんじゃ』

乙女《おとめ》心を解《かい》さない彼に、私はムッとして。

『私だってもう二十歳だもん！』

彼の首に、ぶら下がるようにしがみついて、私はいきなり自分の唇《くちびる》を彼の唇に押し付けた。

　その拍子にこぼれ出たコーヒーは、彼の一張羅にまともに染み込み、驚きの眼で固まったままの彼から私が唇を離した時には、すでに大きなシミを作っていた。

いつもより無口になった、帰り道。

自宅の前で彼は、強引に私からジャケットを脱がせ、取り上げた。

『自分で洗うけぇ』

『ダメ！　私がちゃんとクリーニングに出すから』

『……』

彼は、不機嫌そうに渋々ジャケットを私の手に載せて、そして不意に私の肩をつかんだ。

急に暗くなる視界に、聞こえる彼の息遣い。

唇の触れ合う感触。

唇が離れるのと同時に、彼の両手が私の肩から外れて、ジャケットごと私の身体を包み込んだ。

自分に起きていることが信じられずに、私は口走っていた。

『……さっきのリベンジ？』

彼の腕に力がこもって、耳許でため息混じりの声がした。

『お前、やっぱ馬鹿じゃろ？』

『一生治りませーん』

私はおどけながらも、彼からの初めてのキスと抱擁《ほうよう》が嬉しくて、彼の胸に顔を埋《うず》めてこっそり、涙を流した。

ジャケットは、手離すのが惜しくて、クリーニングに出したのは一週間も経ったあとだった。

案の定シミは完全には抜けなくて、彼にはまた怒られた。

『お前、馬鹿じゃろ？』

『えへへ、お説ごもっとも』

呆れた顔をしながらも、いつもの帰りぎわ、彼は優しいキスをくれるようになった。

母は浮かれる私を見て、

『二年で帰る人なのよ？』

そう心配したけれど。

私は幸せで、その言葉の意味をまだ深く考えてはいなかった。

また春が来て。

夏が来る頃。

彼のキスは時折、深く、激しいものに変わることがあった。

でもそれ以上の行為を、彼は私に求めなかった。

二度目の冬。

任期も大詰めの彼は忙しく、役場に寝袋で泊まり込んだりする日が続いていた。

『雪道を通うのが面倒じゃけぇ』

彼はそう言ったけれど私は、彼が私と会うのを避けているような気がしていた。

それでも、十二月の私の誕生日には早めに帰宅するとの約束を取り付け、久しぶりに会えるその日を、私はウキウキと指折り数えていた。

任期後、彼が帰郷《ききょう》しても、遠距離恋愛すればいい、と私は軽く考えていた。

事務所の仕事も面白《おもしろ》くなり、ただ両親を手伝うだけではなく、資格を取って事務所の一翼を担いたいと思い始めていた私は、彼について行こうとまでは、考えていなかった。

でも近くにいられる今のうちに、早くひとつになりたい、と思ってもいて。

彼の気持ちを一気に動かしたくて、私は無謀《むぼう》な決意をした。

よーし!! 『決戦は誕生日』だ!!

決戦当日私は、事務所のクリスマスグッズの中から、自分が入れるほどの大きな布袋と、綺麗《きれい》なピンクの幅広のリボンを拝借し、隠し持って彼の部屋を訪れた。

彼は私のネーム入りのバースデーケーキと、簡単な手料理を用意してくれていた。

大喜びでご馳走《ちそう》になり、私の一世一代のショータイムの時間がやって来た。

『いいって言うまで向こう向いてて』

私は袋の中にすっぽり入り込み、自分の首の所で袋の口を絞って、ピンクのリボンを大きな蝶々《ちょうちょ》結びで括《くく》り付けた。

『ハイっ、こっち向いて〜。

ジャーン！　私をまるごとプレゼント〜っ‼』

袋ごとぴょんぴょん跳びはねる私に、彼は口をあんぐり開けて絶句した後、苦い顔を見せて俯《うつむ》いた。

『……お前、馬鹿じゃろ？』

『まあまあお兄さん、遠慮せず！』

『何でお前の誕生日にお前がプレゼントになっちょるんか？

百歩譲ってワシの誕生日なら解《わか》るけど』

そう言って、黙り込んでしまった。

爆笑してくれると期待していた私はアテが外れ、しょんぼりとその場に座り込んだ。

『ほれ、首解いちゃるけぇ、早う出ぇ。送って行く』

顔を上げてリボンに手を伸ばしかけた彼は、ハッと手を引っ込めた。

『まさかお前、袋の中は裸《はだか》、とか言わんじゃろうの？』

『ぶっ……サスガの私もそこまでしないって』

『……』

彼が再び伸ばした両手は、リボンではなく、袋のままの私の両頬に届いた。

触れるだけのキスをくれた後、私を袋ごと抱きしめた彼は、独り言のようにポツリと呟《つぶや》いた。

『このまま持って帰ろうかのぅ』

私は単純に嬉しくなって、茶化した。

『お持ち帰り一丁《いっちょう》！　いつでもＯＫでーす』

彼は瞳を揺らして、私を見た。

『……軽々しく言うちゃ駄目じゃ、そねぇなこと』

もう一度私の唇を塞いだ彼は、どんどんそれを深くした。

ただでさえ袋詰めの私は、いつもと違う荒っぽい彼の唇に、息をすることもできなかった。

今までにない濃厚なキスに脱力している私の、リボンを解き、布袋を剝がした彼の手は、それだけでは止まらなかった。


その夜初めて、彼は私を抱いてくれた。


彼の腕の中で、今夜はこのまま泊まると駄々《だだ》をこねる私に、彼は無理矢理服を着せ、送って行くからと部屋を追い出した。

後ろの荷台に私を乗せて、自転車をこぎながら彼は、ポツリポツリと話し始めた。

『震災派遣が決まった時のぅ、割と軽い気持ちで受けたんじゃ』

『でも実際こっち来て、ワシは恥ずかしゅうなった。出会う人出会う人みんな、一生懸命生きちょる』

『ワシに出来ることがありゃあ何でもしたいと思うちょる』

『けどワシは所詮派遣のヨソ者じゃ。出来ることは限られちょる。役場の中でも根本的なとこにゃ手を出せん』

『お前、土地家屋調査士の資格、取りたいんじゃろ？親父さんお袋さん、喜んじょったで、一人娘のお前がやる気になって』

『お前はお前、ワシはワシじゃ。領分がある。やりたいことも違う』

『お前は自分に今出来ることを見つけたんじゃ。頑張れや』

彼がどんな思いでそれを口にしているのか、その時の私には解らなかった。

珍しく彼が自分のことを話してくれるのが、ただ嬉しくて、私は茶々を入れずにずっと黙って聞いていた。

身を切るような風も、彼の背中に頬を埋めていれば、気にならなかった。

自宅の前で私を自転車から降ろし、彼は一瞬ためらうように視線をさまよわせ、意を決したように口を開いた。

『ラッピング、……可愛かったで』

『えっそう⁉ えへへ、我が人生における最高傑作《けっさく》‼』

『ふ……ホントお前、馬鹿じゃろ？』

彼は愛《いと》おしむような優しいキスをくれて、しばらくただ暖めるように、私を抱きしめていた。

そのあと、自転車に跨《また》がって帰って行く彼が見えなくなるまで、私は手を振って見送ったけれど、彼は一度も振り返らなかった。

それ以降、彼ははっきりと私から距離を置いた。

狭い町だから見かけることはあったけれど、私に気づくと彼は目を逸《そ》らして、他人のように会釈をした。

アパートにも帰らず、個人的に会ってもくれず、電話にも出てくれなかった。

私は焦りと不安で一杯のまま、返事は来ないと思いながらも【会いたい】と、メールを送り続けるしかできなかった。

冬はそのまま過ぎていって、彼の任期切れは目前に迫った。

明日発《た》つという日になっても、ついに彼からは何の連絡もなかった。

彼の固い意思のようなものを感じて、私は半ばあきらめていた。

仕事のあと事務所で、母が私に紙袋を託《たく》した。

『お弁当よ。送別会も出来なかったから、せめて餞別《せんべつ》がわりに、って渡して来てちょうだい』

『え』

『ちゃんと話しておいで。後悔のないように』

父はそう言って、私を送り出した。

彼は今夜、部屋に戻って来るのだろうか。

【お母さんからお弁当を預かってます。部屋の前で待ってます。
会いたいです。】

そうメールして、ドアの前でお弁当を抱え、寒さに震えながら、私は待ち続けた。

不安と寒さとを紛らわせたくて、あまり飲めないお酒を買って、一気に飲んだ。

彼が帰って来たのは、深夜だった。

自転車のスタンドを立てる音に、凍《こご》えた顔をハッと上げると、彼が私を見ながら近づいて来ていた。

ほっとして、嬉しくて。

目元がじわりと温かくなった。

彼はドアの鍵《かぎ》を開けて、私の腕から紙袋をヒョイと取り上げた。

『お袋さんによろしゅう伝えちょってくれ。
それから、……送っては行けん。親父さんに迎えに来て貰《もら》え』

言い終わると同時に、私の目の前で、ドアが、閉まった。

カチャン。

内ロックの音が、無機質に響いた。

『え？』
私は思わずドアを叩《たた》いた。
『開けて。話がしたいの』
『……』
『これで終わりじゃないよね？
ねえ、開けて』
『……』
ドアごしに、確かに彼の気配があった。
『開けてってば‼』
涙が溢れて来た。
彼はきっと、開けてはくれない。
それが彼の決意なのだと、ようやく私はその時悟った。
絶対に言うまいと思っていた言葉が、口をついて出た。
『帰らないで』
『……』
『こっちにいて。……帰らないでよ！』
ドアを叩きながら、私は泣きわめいた。

『返事、して。返事くらい、してよ！』

結局彼は、一言も声を聞かせてはくれなかった。

ドアにすがりついて散々わめきちらした私は、そのままズルズルとドアの前にへたり込んだ。


気がつくと、朝だった。

真っ先に目に入った天井が、彼の部屋のものだとすぐに気づいた。

久しぶりに見るそれは、やけに白かった。

私は寝袋に押し込まれていた。

見回すと、ついこの間まで雑然とした生活感に溢れていた部屋は、ガランとして何もなくなっていて。

ドアポストの下の床に、部屋の鍵だけがぽつん、と転がっていた。

寝袋にくるまったままで身を起こすと、寝袋の上に掛けられていた何かが、パサリと音を立てて滑り落ちた。

グレーの、シミだらけのジャケット。

空っぽの白い部屋の中で、見慣れたそのジャケットだけが、色を持って私の目に映った。

それは、彼がここにいた証《あかし》で、そして、確かに彼がいなくなった、と私に告げていた。

声も涙も昨夜で涸《か》れたはずなのに、私は寝袋とジャケットに残る彼の匂いを抱きしめて、また泣いていた。

泣くだけ泣いたあと、重い頭と身体を引きずって、私は事務所に戻った。

彼の山口での勤務先も住所も、部屋の借主としてのデータを見れば、知ることができる。

すでに出勤していた両親は、泣き腫《は》らした顔の私が、彼のデータを引き出すのをじっと見ていたけれど、何も言わなかった。

そのままその足で私は郵便局に向かい、寝袋とジャケットを梱包《こんぽう》して、彼の職場宛に送り返した。

山口に訪ねて行こうと思えば、行けた。

でもそれは、してはいけないことのような気がした。

そうして私は、自分の気持ちに区切りをつけて、彼を忘れ思い出にした。

……つもりでいたのだ。

今、彼の姿を再びこの目で見るまでは。

行き交う景色の中で、彼と私だけが、ショーウインドーに貼り付いた影のように動かなかった。

音と時間が消えたように、雑踏でただ立ち尽くして。

そして、彼が口を開いた。

「……風邪《かぜ》、引かんかったか？」

「え？」

「あん時」

蘇《よみがえ》る、真っ白な、空っぽの部屋。

目の前の、このジャケットを抱きしめて、泣いた朝。

「……うん。寝袋と、そのジャケットがあったから」

「……ほうか」

「まだ着てるの？ それ」

「お前が送り返して来たんじゃろうが」

「そりゃそうだけど、耐用年数とっくに過ぎてるでしょ。

シミだらけだし」

「シミもお前が付けたんじゃろうが」

「あ、そうだった？」

しらばっくれた私に、彼は笑った。

「ははっ！　馬鹿じゃろ、お前」

「馬鹿は一生モノですよーだ！」

無声映画のようなモノクロの記憶の中で、幾度《いくど》となく繰り返した、お決まりの遣《や》り取り。

なのに、本物の彼の声が鼓膜《こまく》を直接揺らした、瞬間。

すべての記憶が色彩と音とを携《たずさ》えて、一気に私に押し寄せた。

視界がボヤけて滲《にじ》む。

ジャケットの胸のシミが、見えなくなる。

足音と、おぼろげなジャケットの輪郭《りんかく》とが近づいて、私の前で止まる。

声が降ってくる。

「何でソコで泣くんかぁ？　お前はようわからん」

大きな暖かい手が、私の後ろ頭に添えられて、ちょっと乱暴に私の額をジャケットのシミに押し付けた。

「なっ、泣いてないし！」

「ほぉ～？　まあ一張羅にこれ以上シミ付けんでくれぇのぉ」

ちょっと意地悪な言葉とは裏腹な、優しい手が私の髪を撫《な》でる。

「そっちこそ、何でこんなトコにいるのよ」

懸命に涙を抑え、私は尋ねた。

「んー？　住むとこ決めに来た」

驚いて顔を上げた私を、彼はまっすぐに見ていた。

「向こうの役所辞めて、ここの役場受け直したら受かった。

四月からここの職員じゃけぇ」

「……そんなの、……」

色と音を取り戻した世界が、急激に動き始めた。

溢れて来る涙はもう止めようがなく、私は彼のジャケットを握りしめて、ただただしゃくり上げていた。

彼は困った顔で、しばらく私の頭を撫でてくれていたけれど、じきに私の腕を引いて、歩き始めた。

「あのアパート、ちょうど空きがあったけぇ、さっきそこに決めて来た。

親父さんから鍵も貰うたし、行くか？

これ以上泣くんじゃったら公道の真ん中じゃのうて、そこにしてくれぇや」

「同じ、トコ？」

「おう。気楽な独り者にゃあピッタリじゃけぇのう」

彼の歩みが止まった。

「……お前は？」

私の腕を摑《つか》む彼の指が、ためらうように二度、三度と握り直された。

「お前は、一人なんか？　まだ」

傍らの私を見下ろす彼の瞳が、揺れた気がした。

「……ひくっ」

ものも言えずに、私は何度も頷《うなず》いた。

「……ほうか」

彼はまたゆっくりと歩き始める。

「ドラマ、チック、に街の、真ん中、で抱きしめる、とか、ないの？」

しゃくり上げながら、切れ切れに言う私に、彼はまた、笑った。

「お前、馬鹿じゃろ？」

「一生、モノ、だし。ひくっ」

「ははは」

泣きすぎてしゃっくりまで出てきた私を、彼はさらに笑う。

私の腕を摑んでいた彼の指が、私の手のひらに滑り降りて来た。

私の指を絡め取った彼の右手が、そのままジャケットのポケットに突っ込まれる。

ポケットの中で、手の甲に触れた、鍵が。

チャリ……と音を立てた。

一歩ごとに腕が、肩が、触れ合う。

そのたびポケットで、鍵が鳴る。

ひんやりと固い鍵が、熱くなっていく手に、心地よかった。

「土地家屋調査士の資格、取れたんか？」

「まだ。……二回、連続、落選中、ひくっ」

「やっぱお前、馬鹿じゃろ？」

「鋭意、絶賛、ひくっ、努力中、なの‼」

涙でこれ以上はないくらいぐちゃぐちゃになった顔で、私は彼を見上げて睨《にら》んだ。

「……そんな顔でこっち見んでくれ、頼むけぇ。

アパートまで我慢できんようになる、面白過ぎて」

「可愛《かわい》過ぎて、の、間違い、でしょ、ひくっ」

「はは、……そうとも言うかのぅ」

ポケットの中の指が、ゆっくりと、もう一度握り直された。

鍵がまた、チャリ……と音を立てた。

「ひくっ、……おかえり」

「おぅ。……ただいま」

あの身を切るような春の夜、二人を隔てた、固く冷たかったドアを、今度は春近い日射しの中で、二人の手で開けよう。

そしてそこから、私達はもう一度、始める。

瞬く星の下で君と。

黒羽瑛人

プロローグ

俺の感覚がおかしいのか⁉

同じテントの中で、しかも俺のすぐ隣で安心しきって気持ち良さそうに寝息を立てる彼女。

手を伸ばせば簡単に触れられる。

普通、この流れで付き合うとかキスとかそういうもんは無いのか？

俺がここで多少強引に抱くとかいう流れは、世間的には有りなのか？　無しなのか？

頼む、誰か……。

この俺に正解を教えてくれぇ‼

この、生殺し状態はいつまで続けなきゃいけないんだ⁉

瞬く星の下で君と。

SNSを辿《たど》って行き着いた一枚の写真に目が奪われる。

満天の星空。

その下に一つのテント。

それを浮かび上がらせる焚《た》き火《び》の焔《ほむら》。

小学生の頃を思い出す。

夏休み明けにみんなが口々に言っていた。

キャンプが一番楽しかった思い出だと。

それを私は毎年羨《うらや》ましく聞いているだけだった。

私の両親は共にインドアな人達だったから、キャンプなんてものをこの歳《とし》まで経験したことがない。

だから、小さい頃からの私の夢だった。

社会人になった今でも、羨ましいと心のどこかでずっと思って生きてきた。

三十路《みそじ》を前に決意する。

今年こそはキャンプデビュー！

決心させたのは、溜《た》まりに溜まった会社でのくだらない人間関係のストレス。それをキャンプという自然環境に包まれながら少しでも発散させたい。

ぎすぎすの私の心を癒《いや》す何かがそこに待っているはず。

夢を叶《かな》えたきゃ、行動あるのみ。

今年の夏、私は予《かね》てからの夢を叶えるために準備を始めた。

道具は揃《そろ》えた。

初心者用の本も読んだしテントの組み立て方も説明書を頭に入れて何となく分かった。

キャンプ場はかなり吟味《ぎんみ》。

第一条件は、空《す》いていること。

せっかく行くのに人混みは嫌。

二番目の条件はトイレが綺麗《きれい》。

三番目は星が綺麗に見えること。

でも、そんな都合の良い所、在《あ》るわけが無い。

ガイドブックを毎日読み漁《あさ》り、会社の休み時間にはインターネットでも探してみる。

仕方なく第二条件のトイレが綺麗は諦めた。

無料だから管理人がおらずトイレは期待出来ない。

でも、車を横付け出来るし夜は星が綺麗という口コミをネットで発見。

何より、オンシーズンの週末でもせいぜい十組程度の利用者という口コミに即決した。

いざ、出陣。

周りの友達もアウトドアな人がおらず、誰かと行くということもなく、一人でのデビューに不安しかない。

でも、経験もせずに一生を終える間際に後悔するくらいなら、やって後悔した方が潔《いさぎよ》い。

テントを組み立て始めて三十分が経過。

未《いま》だに完成の目処《めど》立たず。

……良かった。

人気の無いキャンプ場選んで。

小心者だから、つい周りの目が気になってしまう。

「あれ？　あんたまだテント組み立てられないの？　手伝おうか？」

悪戦苦闘《くとう》がよほど哀《あわ》れに見えたのか。

振り返ると真っ黒に日焼けした、無精髭《ぶしょうひげ》の如何《いか》にも怪しげな風貌《ふうぼう》の男が一人立っていた。

歳は私と同じくらいか。

なのにその風貌って……定職は？

本当に怪《あや》しい。

でも、このまま彼を突き放したら今晩の私の寝床が出来無い。

細かいことは気にせずに素直に助けを求めることにした。

「へぇ、あんたキャンプ初めてなのか。よくこんなマイナーなキャンプ場見付けて選んだな」

笑いながらも手はテントを組み立てたまま忙《せわ》しなく動く。

「ほら、ぼうっとしてないでちゃんと覚えろよ。次は自分一人でしなきゃいけないんだから」

「は、はいっ」

テキパキと私に指示を出しながら口調は雑に、でも本にも載ってなかったことを丁《てい》寧《ねい》にアドバイスしてくれる彼。

あんなに時間が掛かっていたのが嘘《うそ》のようにあっという間に完成した。

「あっありがとうございました。本当に助かりました」

「後は大丈夫？ 火とか一人でも熾《おこ》せんの？」

「実はそれも初めてで。でも頑張ってみます。本当にありがとうございました」

「じゃあ、また何か困ったことあったら遠慮なく言って。俺ここ長いから自称管理人」

そう言って自分のテントを指差して笑うと彼は颯爽《さっそう》と去って行った。

見た目は怪しい人だったけど、中身は良い人らしい。

でも自称って、やっぱり怪しい……。

その後ろ姿につい小さく笑った。


さて、次の関門。

火熾し。

よく河原《かわら》でバーベキューとか話を聞くけど、私はそれも未経験。

火を熾した経験なんてないから、予《あらかじ》めネットで調べていたやり方で火を熾す。

……おかしい。

さっきから煙《けむり》しか立たない。

けっ煙《りむ》たいっ。

むせながらうちわで扇《あお》ぐ。

煙に目をやられて涙ぐむ。

「それじゃあいつまでも燻せないって」

その声に振り返ると、またさっきの彼。

「勢いが足りないから。もっと強く扇ぐ」

「はっはい」

パタパタと強く扇ぐと、途端に炎《ほのお》が上がってさっきの燻《くすぶ》っていたのが嘘のよう。

さすが達人。

「あ、ありがとうございます」

「で？　今晩何食うの？」

「あ……えっと、一人焼き肉、ですかね」

「そっか。じゃあ楽しんで」

そう言った途端に彼のお腹がタイミング良く鳴った。

「あっあのっ、もし良かったら一緒に食べませんか？　材料多く用意してあるし、色々とお世話になったのでそのお礼に」

言って失敗したと思った。

彼が一瞬瞠目《どうもく》したから。

でも、私のその考えを打ち消すように破顔した彼。

「サンキュー。じゃあ有り難くご馳走《ちそう》になるよ。ところであんた米は炊《た》けんの？」

「あっお米は家でも土鍋《どなべ》で炊く事多いので、それだけは自信があります」

良かった、と内心ホッとした。

考えなしに誘った自分に反省。

彼だって、見ず知らずの女と食べるよりも一人の方を好んだかもしれないのに。

「じゃあ、ご飯炊けたら呼びに行きます」

「……もう来ても良い？ 旨《うま》いワイン貰《もら》ったんだ。あんた酒飲める？」

「嗜《たしな》む程度なら」

「じゃあ今持ってくるよ。ついでに燻製《くんせい》も作ろうぜ」

そう言って彼は自分のテントに戻ったかと思うと何やらカゴを持ってやって来た。

「これ俺特製の燻製器」

そう言って取り出したのは古ぼけたフライパン。

蓋《ふた》は百均のボウルに取っ手を付けたと言って自慢する彼。

何だか子どもみたい。

チーズに卵、ああ帆立《ほたて》も美味《おい》しそう。

へええ、ナッツも。

……え？ 魚肉ソーセージ？

まっマヨネーズも⁉

考えが表情に出てしまったか。

ニヤニヤしながら彼が「出来てからのお楽しみ」と言いながらチップの塊《かたまり》に火を点《つ》けた。

ご飯は愛用の土鍋で炊く。

待つ間に少しだけワインをご馳走になる。

「んっ、美味しぃ！　美味しいです、これ」

「だろ？　俺ここ長いからさ。地元のおっちゃんとかとも仲良くなって、そしたらこれ貰ったんだ」

彼の人柄だろうか。

見るからに怪しい人だけど、きっと誰とでも仲良くなれるのかもしれない。

ご飯美味しく炊けて良かった。

焼き肉でお腹いっぱいになったのに燻製も美味しくて、ついもう一つと手が伸びる。

マヨネーズが意外に美味しい。

茹《ゆ》でたじゃがいもと合う！

魚肉ソーセージも有りだ。

「こんな風貌だろ？　ここに来た最初なんてお巡りさんにも職質かけられたしさ」

ワインを飲みながらそう言って笑う彼。

それは納得っと心の中で大きく頷《うなず》く。

「この近くに温泉もあるんだ。歩いて行ける距離だから、飯食ったら行く？　女の子一人は危ないから、俺の案内、嫌じゃなければだけど」

「そっそんな嫌だなんて、ぜひお願いします」

彼もホッとしたような笑みを見せた。


後片付けをしてからお風呂の用意。

良かった。

キャンプに来てお風呂にも入れるなんて。

本当は今夜は諦めていた。

明日の帰り道に日帰りの温泉に入ろうと準備して来て良かった。

着いたところは無料とは思えない佇《たたず》まい。

「ちゃんと男女別だから安心して」

お風呂は男女にそれぞれ露天《ろてん》が一つずつ、のみ。内湯は無い。

シャワーも無いから湯船からお湯をもらう。

「そっち、湯加減どう？」

「丁度良いですー」

壁を挟んでの会話がまるで昭和の夫婦とかみたいで少し気恥《きは》ずかしい。

「そっちも一人？」

「はいー、そうですー」

そう答えてからはずっと壁越しに話をした。

ＧＷにフェリーに乗ってこちらに来てからずっとあのキャンプ場で生活してること。

北海道《ほっかいどう》が好きで、毎年春と共にやって来て秋ぎりぎりまで粘《ねば》って渋々《しぶしぶ》帰るらしい。

どうやって生計を立てているのかが不思議なところではあったけれど、根掘り葉掘り聞くのは失礼なような気がして敢《あ》えて聞かずにいたけれど、彼の方からヒントをくれる。

「今の時代、ネットさえ繋《つな》がってりゃどこでも仕事は出来るしさ」

うーん。

それでもあまりよく分からない。

やっぱり怪しい彼。

「色々とありがとうございました。お風呂にも付き合って頂いて。おかげで楽しいキャンプでした」

テントまで送ってもらいお礼を言う。

「え？　もう寝んの？　ばっかだなぁ。キャンプはこれからが楽しいんだろ？」

え？……これから？

不思議に思って首を傾《かし》げる。

「いいから荷物置いて来いよ」

鼻歌でも混じりそうなほど機嫌よく彼が先を進む。

あっ。

テントの陰《かげ》になってて分からなかった。

木と木の間にハンモックが掛けられていた。

「今夜は新月だから星が綺麗だぞ。見ないなんて勿体《もったい》無い」

そう言って一人ハンモックに腰掛ける彼。

……忘れてた。

今回の目的の一つが満天の星を見ることだった。

ワインの酔《よ》いとお風呂に入った心地好さ、それに今日一日の疲れがほわんと私を包み込む。

危なかった。

彼に教えて貰わなきゃ、このまま気持ち良く眠りに就いてしまうところだった。

怪しい見た目の彼に心の隅で感謝する。

「まずはこうやって座ってだな……」

それからこうやって寝転んで、と手本を見せると本人は一旦降りて私をそこに促した。

言われたようにまずは座ってそれから倒れ込む……。

彼がランプの明かりを消した。

「うっわあっ……。キレイ……」

少しだけ目を移すと木々の切れ目に広がる闇《やみ》の空。

最後は感動しすぎて声がかすれた。

空には満天の星、星、星。

……あれって天の川？

あ……流れ星っ。

北斗七星もカシオペア座も星が多すぎて分かんない。

「すごい……。すっごくキレイっ」

「だろ？」

しばし星に包まれる。

濃紺の夜空に吸い込まれてしまいそうな錯覚《さっかく》。

会社での先輩と後輩とに挟まれたストレスとか、周りが次々と結婚していく中で未だに恋人も居ないという焦《あせ》りとか全部がなんてちっぽけ……。

足元でゴソゴソと音がして顔を上げる。

星に照らされた薄明かりの下で焚き火台を出してくると薪《まき》を燃やし始めた彼。

ハンモックの薄い布を手繰《たぐ》り寄せて顔を出し、その様子を黙って眺める。

イスも一つ出してきて彼はそれに深く腰掛けると満足そうにこちらに目を向けた。

「キャンプデビューどうだった？　中々楽しいだろ？　不自由さの中の自由ってのもたまには良いもんだろ？」

多分、私一人じゃこんなに楽しくなかったかもしれない。

「ありがとうございます。今日こんなに楽しく過ごせたのは、あなたが居たからだと思います」

素直な気持ちを言葉に出した。

「……なんか、あなたとか言われ慣れてないこと言われると、照れるな。俺日下部《くさかべ》。日下部カナタ、まだ名乗ってなかったよな、ごめん。えっと、あんたは？」

今更の自己紹介。

ふふっとつい笑みが漏れる。

「田上《たがみ》ユメです」

「ゆめってどんな字？」

「夢が芽生える、で夢芽です」

「へえ、良い名前だな。俺なんか欲張りな名前だぜ。多く叶える。でカナタ。凄《すご》いだろ」

欲張りな名前って……。

思わずプッと吹き出した。

「コーヒー飲むか？　ミルクは無いけど砂糖ならあるぞ」

「あ、ブラックで大丈夫です。ありがとうございます」

ハンモックから降りると、焚き火を挟んでいつの間にか出されたもう一つのイスに腰掛けた。

焚き火……って、癒される。

炎を見詰めながら、ぽつりぽつりと会話が始まっては止《や》んで、薪の爆《は》ぜる音をきっかけにまた話が静かに始まる。

夜は更けていくのに、私と彼との間にはまだ楽しい時間が流れていた。

それを瞬く星々が見下ろす。

行動して、良かった。

いつも今年こそと思いながらどこかで忙しさを言い訳にして実行に移さなかった私

だけど、今、彼とこうして一緒に楽しい時を過ごせて幸せだなぁってぼんやりと考えていた。

「さ、そろそろお開きにするか」

そう切り出した彼に残念と思ってしまったのは……今それ程楽しい時間を刻んでいる証拠。

「……そうですね。楽しかったからあっという間でした。ありがとうございます。おやすみなさい」

後ろ髪を引かれてしまう。

人見知りの私が、会ったばかりの人ともっと一緒にたくさん話をしたいなんて思ってしまうのは……きっと初めてのキャンプに興奮しているせいだ。

「おやすみなさい」

もう一度挨拶《あいさつ》を交わして互いのテントへと入っていく。

寝袋の中で、何度も楽しかった一日を反芻《はんすう》する。

不安ばかりだったけれど、本当に来て良かったと幸せな気持ちで満ち足りながら瞼《まぶた》をゆっくりと閉じた。

カナタ……。

多く叶える、で……かなた……。

不意に思い出されたその声が耳を撫《な》でる。

叶多……。

きっと、頬は緩んだまま。

ハンモックの揺れと瞬く満天の星々。

焚き火の爆ぜる音に揺れる炎。

コーヒーの湯気の向こうで少年のように笑う。

口調は雑なのに親切で。

怪しさを増す無精髭。

テントを手早く組み立てる太い指。

低音が心地好い彼の声。

楽しそうに笑って出来る目尻のシワ……。

いつの間にか、私は意識をなくしていた。

あんなに遅くに寝たのに、どうしてこんなに早く目覚めてしまうのか。

テントに陽の光が強く透ける。

いくら遮光性《しゃこうせい》を謳《うた》っても、やはり限界はあるらしい。

何度も寝返りを打つが、二度寝をさせないようにと陽の光が容赦《ようしゃ》無く射してくる。

ぼうっとした頭で、それでも空腹が手伝って何とか重い身体《からだ》を起こす。

……まだ眠たいのに。

快晴が恨めしい。

のっそりと、冬眠明けの熊のように仕方なしにテントから這《は》い出る。

「ううっぅっん」

身体を目覚めさせるために大きな伸《の》びを一つ。

「おっ、やっと起きたか？」

声の方に振り返ると、太陽の光が刹那《せつな》射してきて目を細めた。

手をかざしてその声の主を探す。

「……おはようございます。お早いですね」

「朝飯これからだろ？　一緒に食うか？　ほうれん草とシーチキンのスパゲティだけど」

途端に目覚めたんだから自分でもなんて食いしん坊なんだろうと呆《あき》れたが「頂きますっ」と、既に考えるよりも先に口が勝手に返事をしていた。

「毎日、こんな生活良いなぁ」

彼が淹《い》れてくれたコーヒーを啜《すす》りながら独り言のようにポツリと呟《つぶや》く。

「羨ましいだろ」

イタズラっ子のように、にししと笑う彼。

「また来いよ。俺、雪降る前まで居るしさ」

また彼に会いに来て良いという許可を貰ったみたいで、それが何故《なぜ》だか少しくすぐったくも嬉《うれ》しい。

「はいっ、ありがとうございます。もう来るなって言われるくらい通い詰めちゃうかも」

一瞬の間。

しまった。

つい楽し過ぎて口が滑らかになり過ぎたか。

確かにそれは迷惑だろう。

「ははっ、もう来るなは言わないって。毎回ちゃんと歓迎するから大丈夫」

そう言いながらまた笑う彼。

良かった、と胸を撫でおろす。

恥《は》ずかしながらこの歳までまともに彼氏が居たこともないから、男の人との距離感の正解が今一《イマイチ》分からない。

「良かったぁ」

つい思っていたことが口に出た。

「……あんたさ、夢芽って……。いや、何でもないや」

拗《す》ねたように彼が言う。

……？

何？

首を傾げて彼に問うた。

「……だから何でもないって。そんな顔で見んなって」

口を尖《とが》らせ顔を背ける彼。

そんな顔って、どんな顔？

とにかく彼を怒らせてしまったらしい。

やはり調子に乗り過ぎていたか。

「……ごめんなさい」

控えめに謝る。

二人の間に微妙な空気が流れる。

「あ、ご馳走になったから、食器とか私、洗いますね」

その場から逃げるように先ほど使った鍋や皿を抱えて水場まで向かった。

戻ると彼はハンモックに揺られながらパソコンを弄《いじ》ってる。

「あ、これここで良いですか？」

本当はちゃんとしまう所があるのだろうけれど、さすがにテントの中に入るわけにもいかず先ほどのテーブルの上に置く。

「あ、ああ。サンキュー」

そう言いながらも目はパソコンから離れない。

えっと、私はやはりこの場合邪魔《じゃま》だろう。

「朝ごはんご馳走様でした。じゃあ私そろそろ帰り支度《じたく》するので……」

「ん？　ああ、そうだな。またなんかあったら遠慮無く声掛けろよ」

ちらりとこちらを見た彼の表情が少し硬いと思った。

「ありがとうございます。じゃあ失礼します」

ぺこりと軽く一礼すると私はテントに向かった。

少しずつ使わないものから片付け始める。

本当はお昼も食べてから帰ろうかと思っていたけど、どうしよう。

何だか彼に突き放されたみたいで、楽しかった心が急にしぼみ始めた。

「お、片付け終わったか」

最後の荷物を入れて車のドアをバタンと閉めると同時に彼が声を掛けてきた。

「お世話になりました。……じゃあ、私、そろそろ」

「昼飯食ってけよ。昨日の燻製マヨネーズのポテトサラダサンド」

……。

美味しそう。

どんだけ食い意地張ってるのか。

呆れる。

でも、せっかくだから頂きましょう。

「次来た時、食いたいもんあるか？　材料揃えて作ってやるぞ」

「え？……っと」

そんなこと言われたら、来週もまた来ちゃうじゃない。

「じゃあ、アウトドアっぽいものでお任せします」

「何だよアウトドアっぽいって。外で食えば何でもアウトドアだって」

ははは と笑うその目尻のシワに私もつられて笑った。

「次来る時連絡して。これ、俺の」

そう言ってメモ紙を渡された。

あ……。

無料通信アプリのＩＤ。

「ありがとうございます。連絡、必ずしますね」

「ああ。待ってる」

社交辞令を分からない歳ではない。

でも、そんなの気付かない振りして帰ったら即行メッセージを送ってしまおう。

「じゃあな、気を付けて帰れよ」

「はい。本当に色々とお世話になりました」

「次来るの、待ってるぞ。連絡くれよ」

バックミラーを見ると小さくなった彼がまだこちらを見て手を振ってる。


楽しかった。

ありがとう。

来て良かった。

美味しかったよ。

ご馳走様。

また来るね。

満天の星。

ハンモック。

焚き火。
燻製。
コーヒー。
ポテサラサンドイッチ。
叶多くん。

みんな好き。
大好き。
みんな……。
みんな⁉

うそっ。叶多くんは違うっ。
やっ嫌いじゃないけどっ、だからって好きっ……て。
そんなんじゃ、そんなんじゃ……。
そんな会って直《す》ぐに好きとかってそんなんじゃなくって……。
そりゃあ一緒にいたら楽しいし、頼りになるし、美味しいもの作ってくれるし。
でもっ違うから。

優しかったからとか、すぐに好きとか……小学生じゃあるまいしっ。

どんだけ焦ってんの？

違う……から。


それなのに、その日帰ってから彼に教えられた無料通信アプリのＩＤを打ち込んで、そこから先に進むのにこんなに緊張してるのは何故なんだろう。

ベッドにゴロゴロしながら打ち込んでは消して、そしてまた文字を打ち込む。

……行動あるのみ。

キャンプ出来たんだ。メッセージだって送ってしまおう。

『夢芽です。色々とお世話になりありがとうございました。すっごく楽しかったのは叶多くんのお陰です。また、行きますねー』

固唾《かたず》を飲んでボタンをタップ。

ティロリン
早っ。

ドキドキして画面を覗《のぞ》く。

『おう、待ってるぞ』

彼の声が聞こえるみたい。

文字をそっと撫でる。
もう会いたいと、思ってしまう。
『今度の週末に、行っても良いですか？』

エピローグ

『今度の週末に、行っても良いですか？』
その文字を朝起きるたびに、夜、星空の下で繰り返しなぞる。
そのメッセージを見てからというもの、曜日を一日ずつ意識して過ごしていた。
こっちに来てからずっと日付けの概念すら煩《わずら》わしかったというのに。
「おかえり。今夜は俺特製カレーだぞ。楽しみにしてろよ」
テントの組み立てが前回より少しだけましになった彼女が嬉しそうに微笑《ほほえ》む。
まずは餌《え》付《づ》けだな、とあの朝思った。
親切な奴《やつ》なら誰にでもほいほいついて行きそうな危なっかしい彼女。
『もし良かったら一緒に食べませんか？』
『通い詰めちゃうかも』

『良かったぁ』

時々本人は無意識にこちらの懐《ふところ》奥までやって来ようとするから一瞬焦る。

もしかして俺に気があるんじゃないか⁉　と気持ちが掻《か》き混ぜられてる俺をよそに、本人は至《いた》って冷静。

何だよ、誰にでもそうなのかと拗ねた自分が情けない。

一応自分で立ち上げたスマホ専用ゲーム会社の、今はもう会長なんだけどな。

普段は挨拶程度で、あまりこちらから積極的に若い女の子のキャンパーには声を掛けない。

なのに何故か彼女にはこちらから声を掛けてしまった。

悪戦苦闘があまりにも見ていて楽しい。

それに少し罪悪感を抱いたからか。

その彼女は、その後俺の心をいいだけ掻き混ぜた。

『今度はいつ来る？』

メッセージを最初に送るのはいつも俺の方。

催促《さいそく》しすぎか？

四度目のキャンプで漸《ようや》く俺の隣にテントを張り、それだっていつまでも他人行儀にいつもの場所にテントを張ろうとしたのをどうせ行き来するんだからと強引に隣に張らせて。

その次に来た時には、もう面倒だから俺のテントで寝れば？　の言葉に一瞬の迷いや疑いも無く「そうですね、じゃあ遠慮無く」ってほざく彼女。

その言葉を言うのにどんだけ俺が考えを巡らせたか知る由《よし》もなく。

で、やっぱりテントを一緒にした事に後悔している今。

彼女のあまりにも安心しきった寝息の隣で俺は生殺しの一夜を過ごす。

「今回は連休だから二泊していきますね」

気持ち良さそうにハンモックに揺られながら彼女が言っていた。

それなら明日の夜こそ。

一つのハンモックに二人で包まれよう。

瞬く星の下で君と。

収録作品は、小説投稿サイト『エブリスタ』に投稿された恋愛小説から選りすぐりを集め、編集をほどこしたものです。

本書は『5分でとろける恋物語　ときめきスイート編』（二〇一八年十一月　中央公論新社）を改題したものです。

中公文庫

ひとりは平気《へいき》。だけど、君《きみ》とは一緒《いっしょ》にいたい

2023年12月25日　初版発行

編　者　エブリスタ

発行者　安 部 順 一

発行所　中央公論新社
〒100-8152　東京都千代田区大手町1-7-1
電話　販売 03-5299-1730　編集 03-5299-1890
URL https://www.chuko.co.jp/

ＤＴＰ　嵐下英治
印　刷　大日本印刷
製　本　大日本印刷

©2023 Everystar
Published by CHUOKORON-SHINSHA, INC.
Printed in Japan　ISBN978-4-12-207450-7 C1193

定価はカバーに表示してあります。落丁本・乱丁本はお手数ですが小社販売部宛お送り下さい。送料小社負担にてお取り替えいたします。

●本書の無断複製（コピー）は著作権法上での例外を除き禁じられています。また、代行業者等に依頼してスキャンやデジタル化を行うことは、たとえ個人や家庭内の利用を目的とする場合でも著作権法違反です。

中公文庫既刊より

各書目の下段の数字はISBNコードです。978-4-12が省略してあります。

い-37-6
晩夏 少年短篇集
井上　靖
二度と戻らぬ、あの日々——。教科書名短篇「帽子」「赤い実」ほか、少年を主人公とする珠玉の十五篇。文庫オリジナル。〈巻末エッセイ〉辻　邦生・椎名　誠
206998-5

れ-1-4
黒真珠 恋愛推理レアコレクション
連城三紀彦
反転する愛憎と虚実、そして待ち受ける驚愕の結末——騙りの巨匠の大技が冴え渡る、単著未収録の恋愛推理短篇十四篇。文庫オリジナル。〈解説〉浅木原忍
207302-9

あ-98-1
ここだけのお金の使いかた
大崎　梢／図子　慧／永嶋恵美／新津きよみ／原田ひ香／福田和代／松村比呂美
給料は安いし、貯金も少ない。ムダなお金は一円だって払えません！　七名の人気作家が「お金」にまつわる悲喜こもごもを描く、書き下ろし短篇アンソロジー。
207291-6

ほ-20-2
猫ミス！
新井素子／秋吉理香子／芦沢央／小松エメル／恒川光太郎／菅野雪虫／長岡弘樹／そにしけんじ
気まぐれでミステリアスな〈相棒〉をめぐる豪華執筆陣による全八篇——バラエティ豊かな猫種と人の物語を収録した文庫オリジナルアンソロジー。
206463-8

た-30-57
谷崎マンガ 変態アンソロジー
谷崎潤一郎 原作
文豪にして、大変態？　美と性を究めた谷崎潤一郎の文学を、十一人の天才が豪華にマンガ化。『痴人の愛』から『陰翳礼讃』まで味わえる、刺激的な入門篇。
207097-4

ち-8-11
開化の殺人 大正文豪ミステリ事始
中央公論新社 編
佐藤、芥川、里見に久米。乱歩が耽読した幻のミステリ特集が、一〇四年の時を超えて甦る！　「犯罪と怪奇への情熱」に彩られた全九篇。〈解説〉北村　薫
207191-9

ち-8-8
事件の予兆 文芸ミステリ短篇集
中央公論新社 編
大岡昇平、小沼丹から野坂昭如、田中小実昌まで。非ミステリ作家による知られざる上質なミステリ十編を一冊にした異色のアンソロジー。〈解説〉堀江敏幸
206923-7